KB130887

플리

송영욱
소설집

청어 도서출판

더 할 말이 없다.

글 속에 등장하는 인물을 통해 할 말은 다 썼다.

목차

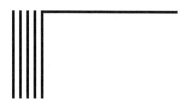

플리(FLEA)

플리(FLEA)

−제 체구에 비해 15층 높이를 튀어 올라 공략할 암컷을 찾는 플리(flea). 뽀족하게 돌출된 무기를 암컷 체강에 박아 정액을 주입한다. 수컷끼리라 할지라도 무지막지하게 뚫고 들어가 사정을 한다. 당한 놈은 새끼를 길러내는 어미 노릇을 해야만 한다.−

*

사방이 방탄유리 상자 속같이 밀폐된 좁은 스쿼시코트 안으로 들어섰다. 보안경에 뿌옇게 김이 서렸다. 눈앞에 서있는 게임 상대가 흐릿하게 보인다. 후텁지근한 스쿼시코트 바닥에서 올라오는 부패한 땀 냄새가, 첫 직장 회식자리에서 한 점 입에 문 바람낸 홍어 살 속에 팽팽하게 들어찬 암모니아같이 콧속을 쇠꼬챙이로 찌른다.

말랑한 공을 허리케인에 실린 돌멩이처럼 날리는 영서의 괴력 서브를 기다리는 이 절박한 순간, 소미의 실크원피스를 우악스럽게 걷어 올려, 내가 빠져 죽을 늪에서 솟아오르는 한 줄기 생명수에 고개를 처박는 놈이 보인다. 두 수컷의 대결을 지켜보고 있는 소미에게 당당한 사내로 나서겠다는 욕구가 목구멍까지 차올라 성기 끝으로 '짜릿짜릿' 퍼져나간다.

옹알이를 막 시작할 때, 욕망의 꼭짓점인 엄마 젖꼭지에 낙지 빨판처럼 붙어있는 나를 무지막지한 힘으로 떼어내 발치로 밀어낸 이가 내 아빠가 아니라는 사실을 인지한 유년기부터 엄마를 독점하기 위한 나의 사투는 번번이 그의 힘 앞에 무릎을 꿇어야 했다. 초등학교에 입학하고 나서부터 그가 열 받는 일을 비교적 쉽게 찾아낼 수 있었다. 예를 든다면, 그가 애지중지하는 용문 백사와 수둥이를 수리중인 상감 청자를 일렬로 세워놓고 고무줄 총으로 '쨍그렁' 소리 나게 깨는 일과 벽에 붙어있는 추사 그림, 목이 틀어진 꽃사슴 족자 봉을 쑥 뽑아 톱으로 잘라, 반으로 갈라 윷을 만드는 행위는 그가 나를 죽이고 싶도록 만들고도 남았다. 물론 이런 일이 있을 때마다 내게 돌아온 것은 심한 욕설과 눈앞에 무수한 별이 떴다가 암흑 속으로 떨어져 내리는 귀싸대기 세례였다.

집안에서 새는 바가지가 어디 가서는 안 새겠는가? 두세 가지 말썽을 한꺼번에 벌여야 직성이 풀리는 나는 중학생이 되자 선생님들이 치를 떠는 대단한 아이가 되어있었다. 아침 조회시간마다 담임선생님보다 오 분쯤 늦게 운동화 뒤축을 꾸겨 신고 실내화처럼 질질 끌면서 앞문에서 나타나 뒷문 옆에 있는 내 자리까지 당당하게 행진하는 나를 그는 무예타이 스파링파트너처럼 짓밟았다. 삽시간에 살얼음판이 된 교실 안, 반쯤 엎어진 내 머리 위를 출석부가 융단폭격을 가할 때, 내리 뿜는 살기로 백오십여 개의 눈망울을 얼어 붙였다.

방과 후, 축 처져 집에 돌아오자마자 내 힘으로 도저히 넘을 수 없는 큰 산을 만난다. 신통력이 있어 보이는 어머니의 고문 같은 추궁을 당하기 전에 학교에서 있었던 일을 술술 불어야 했다. 어머니는 혀를 끌끌 차며 '그 씨종머리가 어디 가겠느냐'는 내 아버지의 바람기를 빗대어 내뱉는 독설과 이에 동조하는 그녀 동생들을 겪고 자란 나는 핏줄에 대한 심한 모멸감을 안고 사춘기를 넘겨야 했다. 한없이 쪼그라든 나는 지구 위 어디에도 편한 곳이 없었다.

자존감을 잃은 나는 여러 일을 동시다발적으로 벌여야 살아있다는 희열을 느끼는 전형적인 ADHD 쪽으로 흘러갔다. 그뿐만이 아니라, 일부가 뜯겨나간 퍼즐 조각 같이 현실과 환상이 뒤엉켜, 뒤죽박죽 눈앞에 떠도는 괴이한 일들이 나를 더욱 불안정하게 만들었다. 자조 섞인 욕지거리가, '틱' 병을 앓는 이처럼 통제 불능 단계에 이르렀다.

어렵게 대학에 들어갔다. 내게 유일한 친구는 Y뿐이다. 집이 싫어 가출한 나와, 지방에서 서울로 유학 온 그녀. 우리가 엮인 곳이 D대학 근처 잘 풀리는 집이라는 공인중개사 사무실이다. 공통분모가 조금은 있었다. 부모님이 보내주는 용돈보다 천문학적으로 드는 생활비가 우리를 생활형 동거를 하게 만든 주원인이라 할 수 있있다. 우리는 원룸 침대와 바닥에서 번갈아 잠을 자기로 하는 등 잡다한 규칙을 만들었지만 그날 밤부터 흐지부지되고 말았다. 그녀가 점점 나의 모든 것이 되어버렸다.

독신주의를 표방하고 있는 그녀 주위는 아이러니하게도 열댓 명의 체육과 출신 선후배들이 들끓고 있었다. 나는 그들이 판유리 사이에 낀 모래알처럼 성가셨다. 털어

내야 할 존재였지만, 감히 그녀 앞에서 입 밖으로 내 의
견을 제시하지 못했다.

동거에 들어간 두 달쯤이었다. 나를 단숨에 무너뜨린
것은 우연히 엿듣게 된 Y와 후배 간, 긴 텔레폰 섹스였
다. 그 일은 내게 상실감을 주긴 했지만 '나도 똑같이 해
보겠다'는 다짐으로 용감해지기로 했다.

독점이라는 일념 속에 Y를 침대 위로 끌어들이기에 급
급한, 자존감 없는 나를 Y는 점점 투명 인간으로 대했다.
둘 사이의 골이 생겼다. 점점 더 깊어졌다. 머리부터 발
끝까지 비겁한 나는, 헤어짐이 곧 오리라는 것을 지레짐
작하고, 자신을 방어하기 위한 시스템을 가동했다. '지구
에 불시착한 나를 구하러 우주선이 곧 도착한다'는 망상
을 Y에게 현실같이 말하고는 어머니가 경영하는 음식점
을 털어 터키행 비행기에 올랐다.

**

은행잎이 노랗게 물들고 있는 늦가을 오후, H호텔 객
실 관리부장이었던 P가 퇴사하면서 생활체육 사업을 시
작한다는 전화를 받았다. 개업식 시간에 맞춰 난분을 들

고 간 그곳에서 대학 후배인 영서와 땀이 범벅 된 흰 운동복 차림의 낯익은 한 여인을 보았다.

긴 머리 여인에 대한 환상을 가지고 있는 나는 명화 비너스의 탄생처럼 찰랑찰랑한 머리채로 하체를 감싼 요염한 여인이 미소를 짓는 모습을 현실같이 맞이하는 꿈을 꿔왔다. 키와 비슷한 머리칼이 종아리를 덮고 있는 그녀는 영서와 늘 붙어 다녔다. 누가 보아도 그 둘은 다정한 커플이었다.

스쿼시를 매개로 둘 사이에 껴든 나는 정에 굶주린 수컷 길고양이처럼 꼬리만이라도 그녀 종아리에 스치고 싶어 안달하는 모양새가 되어갔다.

아픈 듯 살짝 찡그린 미소 한 번으로 우사인 볼트 심장에서 품어내는 피보다 더 격동치는 내 피가 성기 끝 실핏줄에 뻘떡거리는 맥동을 전하고, 종극에 기시는 심장근육을 파열시키고 말 것 같은 묵직한 심장통으로 다가온다.

눈치 빠른 영서가 나를 살갑게 대하는 척했으나, 호시탐탐 소미를 노리는 내게 속마음까지 친절하리라는 것을 기대해본 적은 없었다. 소미에게 눈이 뒤집힌 나는 영서와 소미가 오래전부터 같이 자는 은밀한 사이라 할지라도 멈출 생각이 없었다. 오로지 플리(flea) 같은 공격성만 더 자극될 뿐이었다.

사천왕이 꼬나든 칼처럼 라켓을 움켜쥔 그가 왼손에 힘을 모았다. 거대한 플리(flea) 영서가 턱을 부풀린 코브라처럼 독이 '뚝뚝' 떨어지는 앞 이빨을 돌출시켜 달려들기세다. 헬스클럽에서 다져진 몸매만으로도 나는 위압감을 느꼈다. 위풍당당하게 세렝게티 초원을 주름잡는 수컷 물소 같은 그를 대적해야 하는 나는 한껏 들어 마신 공기로 배만 부풀린 두꺼비 같은 몰골로 소미의 마음을 아프게 할런지도 모르겠다.

띠동갑인 영서를 제압하고 소미 앞에 우뚝 서야한다는 강박감이 오른손에 힘을 더하게 했다. 라켓을 곧추세웠다. 대결에서 승리하는 자가 소미를 차지한다는 밀약이 있는 은밀한 결투처럼, 긴장감 속에 멈췄던 숨을 길게 내뱉었다. 단내가 올라왔다. 오르가슴에 오른 Y가 참았다 몰아쉬는 깊은 숨 속에서 묻어 나오는 풋 매실 향기였다.

영서의 눈빛이 이글거렸다. 그는 소미를 노리는 굶주린 플리(flea)처럼 야비한 내게, 참아왔던 적개심을 사각코트 안에서만은 거르지 않고 나타냈다. 8대 5라는 스코어가 말하듯 게임이 막바지로 치달아 갈수록 나는 빗물처럼 쏟아내는 땀을 닦아낼 여유조차 없이, 돈키호테를 등에 태우고 라만차(La Mancha) 언덕을 뛰어넘어야 하는 비루먹은 말 로시난테(Rosinante) 같았다.

브레이크 포인트에서 대포알 같은 영서의 서브가 날아왔다. 울퉁불퉁한 상완 이두박근에서 시작된 영서의 힘이 가득 실린 서브였다. 속도를 이기지 못해 찌그러든 까만 찰 고무공을 라켓 각도를 조절하며 가까스로 받아냈다. 속도를 줄여 짧게 보낸다는 것이, 역회전을 먹어 벽에 빗맞았다. 가슴 높이로 떠오른 공을 영서가 체중을 실어 짧게 끊어 쳤다. 탄력을 받은 공이 우측 옆구리로 파고들었다. 두 다리가 꼬여 중심은 잃은 나는 코트 바닥에 보기 좋게 나뒹굴었다. 손에서 빠져나간 라켓이 벽과 충돌하며 빠개지는 소리가 났다. 바닥에 널브러져 있는 나를 영서가 내려다본다. 입가에 만족한 미소를 흘린다. 우쭐해진 그가 겅중겅중 호흡조절을 히며, 자만심 가득한 미소를 소미에게 보낸다. 코트가 한눈에 내려다보이는 강화 유리 뒤에서 영서와 나의 피 튀기는 한판 승부를 지켜보던 소미가 다급하게 한마디 던진다.

"아니, 과장님! 작가님! 친선 게임을 목숨 걸고 하세요?"

***

　Y가 자살했다는 소식을 와(Wa)라는 바(bar)에서 체육과 후배로부터 들었다. 한 줌의 재로 돌아가는 의식이 끝나기 전에 Y 곁에 있고 싶다.

　시 세우듯 올라오는 목련과 벚꽃 봉오리가 늘어선 자유로 곡선 구간을 벗어나 액셀러레이터를 끝까지 밟았다. 질주, 질주, 속도계가 220㎞/h를 넘어갔다. 삼사백 미터 앞에서 레미콘트럭이 큰 덩치를 앞세워 당당하게 끼어든다. Y 앞에 빨리 가겠다는 생각에 브레이크를 밟지 않고 레미콘트럭을 비켜 가겠다는 생각이었으나 빙글빙글 지구처럼 도는 레미콘트럭 밑으로 구겨져 들어갔다. 눈앞에서 이는 번개를 맞았다. 모든 세상이 하얗게 변해갔다. 폐 속에서 새어 나오는 빨간 바람 소리를 들었다. 둥실둥실 떠올랐다. 유체이탈을 앞둔 자에게 신께서 베풀어 주신 고통 없는 환상 여행이 시작되었다.

　한중 수교가 성사되던 1992년이었다. 계림 근처에 호랑이 사육장에 갔다. 그들이 내게 베푼 호의, 특별한 이벤트라 했다. 일주일을 굶겨 포악해진 호랑이를 속눈썹이 긴 순둥이 암소 우리 속에 집어넣었다. 소리 없이 다가오는 죽음의 그림자에 방어 자세를 취하기는커녕 오줌을 지리는 숨만 헐떡이는 암소. 겁에 질린 큰 눈망울을 나는 잊을 수가 없다. 승리자임을 과시하듯 느긋한 발걸음의 호랑이가 암소의 뿔과 뒷발이 미치지 않는 등에 가볍게 올라탄다. 목덜미와 이어지는 등, 정확히 폐 부분을 송곳니로 물어뜯었다. 암소가 숨을 쉴 때마다 헛바람 빠져나오는 소리가 났다. 한 옥타브 높은 호른 소리였다. 심장 박동 때마다 폐 대동맥에서 분산되는 선홍색 피가 바람에 날려왔다. 거대한 플리(flea)가 돌기를 암컷 체강에 박고, 제 몸에 꽉 찬 정액을 사력을 다해 뿜어내고 있다. 김이 모락모락 올라오는 상큼한 피를 빨아들이며, 또 다른 암소를 넘보는 놈은 호랑이 가면을 쓴 거대한 플리(flea)가 틀림없다.

폐부 깊숙한 곳에서부터 올라오는 그르렁, 그놈의 숨소리, 절정에 닿기 위해 몸부림치는 연인이 내뱉는 애성이 의식과 무의식상태를 징검다리 건너뛰듯 하고 있는 내 귓속으로 스며들었다. 몸의 끝부분만을 기어 다니며 핥아대는 악마의 빨간 혓바닥에 나는 짜릿하게 매달려있다.

****

심신이 피폐해진 나는 공황장애에 빠진다. 트럭의 육중한 엔진 소리가 들리는 순간부터, 굳어지는 몸이 손가락 하나 까닥거리지 못하는 상태로 된다. 영서가 과장으로 있는 신경정신과 병동으로 옮긴 나는 소미의 배려로 복도 끝에 위치한 2인실을 쓰게 되었다.

소미가 구원의 손길을 내밀었다. 다정한 소미가 내게 속삭이듯 말했다.

"이곳이 당분간 선생님 작업실이니까, 공황장애는 공항 가실 때만 느껴보도록 하시고, 계시는 동안 편안하게 글이나 쓰세요. 저는 선생님이 쓰신 시를 좋아하지만, 며칠 전부터 쓰시고 있는 소설에도 많은 기대를 걸고 있어요."

나는 고맙다는 말 대신 소미의 싱거운 위트에 웃음을 지어 보였다. 공황장애 치료 기간 중 소미의 손길을 자연스럽게 받을 수 있다는 허무맹랑한 기대로 짜릿한 전율이 몸을 뒤흔들고 지나갔다.

무작정 소미에게 끌린다고 고백했다. 소미가 빙그레 웃는다.

"시인님, 저는 시인님을 스쿼시 게임장에서 처음 뵌 것이 아니었어요. 오래전부터 알고 있었어요."

"그런가? 나도 그런 느낌이 들었지만 기억은 없어요."

"그럴 거예요. 제가 여덟 살 아이였을 때니까요."

여행을 좋아했던 나는 1988년 대학에 입학하자마자 따분한 강의실을 뒤로하고 전국을 떠돌기 시작했다. 중학교 동창인 J가 대학 진학에 실패하고 당진으로 낙향하면서 적어준 주소를 고액 수표처럼 간직한 나는, 무작정 J를 찾아나섰다. 그곳에 J의 배다른 동생 소미가 있었다. 개가한 지 삼 년 만에 소미가 겨우 발걸음을 떼어 놓기 시작할 무렵 J의 아버지가 빗길에 뒤집히는 경운기에 깔려 돌아가자, 소미 엄마는 평소 눈 맞아 지내던 담 넘어 사는 영서 아버지와 야반도주를 감행했다. J의 집으로 개가한 지 꼭 삼 년만이었다.

나는 J이 농사일을 기들었다. J가 눈코 뜰 새 없이 바쁠 때에는 소미를 돌보기도 했다. 봄비가 장맛비처럼 쏟아진 날, 앞 개울물이 찰랑찰랑 넘치는 등굣길과 하굣길에 초등학교 일학년인 소미를 업고 건너기도 했다. 잠이 안 온다는 소미와 안방과 건넛방 사이 대청마루에서 촛불을 켜 놓고 그림자놀이를 하고, 가끔 소미가 학교에서 빌려 오는 소공녀 같은 동화책을 건넛방 형광등 아래서 읽어 주기도 했다. 소미는 어른같이 능청을 떨며 말하는 재주를 갖고 있었다. 그중에 불현듯 떠오른 말에 나는 실없이 웃는다.

"가족이란 한집에서 한솥밥 먹고 같이 잠자는 게 가족이지 뭐여유? 영 삼촌과 나는 헤어질 수 없는 가족이지? 응응."

다짐하듯 물어 대는 소미에게 그렇다고 고개를 끄덕였더니, 새끼손가락을 걸고 맹세까지 하란다. 죽을 때까지 이 약속을 어기는 사람은 지옥에 갈 거라며, 조그만 입을 앙다물어 서슬 퍼런 저주를 걸었다.

나는 J의 집에서 서너 달 머물다가 어머니의 성화로 서울로 올라왔다. 공부에 맘이 없어 무교동을 쏘다니며 매일 혼술 술독에 빠지는 생활을 했다. 그러던 그해 겨울 선비촌이라는 선술집에서 소주 다섯 병을 마신 나는 계단을 올라가다가 뒤로 넘어지는 불상사를 당해 지배인에 업혀 간 적십자 병원 응급실에서 사경을 헤매기도 했다. 그 일이 있은 후, 한 달 만에 정신이 돌아온 나는 많은 기억을 잃고 혼자 걷는 데만 삼 개월이 걸렸다.

나는 휴학계를 냈다. 학적 변동자 신체검사 통지서가 날아왔다. 대학생이라는 이유만으로 1정을 받아 1989년

20

5월 육군에 입대했다. 군이라는 특수 이색 집단 속에서 병장으로 전역하기까지 모든 것을 접고 포기하고 살았다. 어린 소녀와의 약속, 그런 일이 있었는지 인식조차 할 수 없을 만큼 나를 잊고, 질기게 군 생활을 마쳤다.

시간의 흐름은 많은 것을 바꾸어 놓았다. 소미는 중학생 딸을 혼자 키우는 간호사로 내 앞에 서 있고, 나는 보호 받는 환자로 그녀 옆에 누워있다. 또한 그녀 곁에 동갑내기인 영서라는 멋진 남자가 있다. 이 상황을 받아들이기 힘겨웠다. 소미에게 J에 대해 물었다. 웃기만 할 뿐 J에 대해서는 한 마디도 하지 않았다.

*****

"형, 오늘 치료 마치고 시간 좀 낼 수 있어? 머리가 너무 복잡해 강화도 가서 하룻밤 힐링할까 하는데 형이 같이 가주면 안 될까?"

영서의 힘없는 말이 애처롭게 들렸지만, 영서의 부재가 소미와 같이 할 수 있는 천금 같은 기회라고 생각한 나는 선뜻 그의 청을 받아들이지 못했다.

"나 밤 운전 못 해. 소미 간호사에게 부탁하면 좋을 것 같은데?"

나는 시침을 뚝 따고 소미를 쳐다보았다.

"소미 선생님은 오늘 가족 모임이 있으시데요."

영서는 내게서 소미를 떼어내려는 듯 소미 집안일까지
들먹였다. 소미가 오늘 밤에는 시간을 낼 수 없다는 것을
알아차린 나는 그의 제안을 받아들였다. 내가 자주 찾던
강화도 정수사로 차를 몰았다. 눈 오는 밤길과 더듬한 운
전 실력으로 우리는 자정이 다 돼서, 사방이 잠들어 있는
장수사에 도착했다.

방 안에서 빠끔히 내다보던 총무스님이 헛기침을 한
번 하고 덧문을 닫아버리자, 뜰에 서서 동정을 살피던 동
자스님이 '난방비가 많이 들어 동절기에는 요사채를 쓸
수 없다'며 한마디로 딱 잘라 거절했다. 우리는 새벽 한
시가 가까이 되어 분오리 돈대 근처에 있는 허름한 민박
집을 찾아냈다.

간판에 흐릿하게 불이 켜져 있었지만 민박집 출입구는
굳게 닫혀있었다. 영서가 힘 있게 문을 두드렸다. 현관문
을 반쯤 열고 고개를 내민 민박집 주인 사내에게 하루 머
물기를 간청했다. 외눈박이 그가 우리를 아래위로 살피자
영서가 명함을 디밀었다. 명함을 훑어본 사내가 안에서

들으라는 듯 느릿한 충청도 사투리로 입을 열었다.

"시방 늦은 시간인 디, 워쩌케 남자 두 분이 오셨대유? 저녁식사는 하셨나 몰 건네."

시장기가 몰려왔지만 나는 그 사내의 눈치를 살피며 헤벌쭉 웃었다. 눈치 빠른 민박집 사내가 안에다 대고 큰 소리로 말했다.

"이 손님들 저녁 식사를 안 하셨다네!"

안에서 불퉁거리는 여자의 음성이 조그맣게 들렸지만 민박집 사내는 못 들은척했다.

외부 화장실과 붙어있는 공동 세면장에서 손발을 씻었다. 수도꼭지에서 쏟아져 내리는 물줄기가 발에 닿자 발이 시리다가 아려왔다. 고요한 정적을 깬 것은 영서였다.

"형, 나 이혼할까 봐. 대강 조건에 맞춰 결혼하면 다 살아 낼 기리고 경솔하게 생각했어."

"이혼이라… 혼자 사는 일은 쉬운가? 나 봐. 이렇게 사는 게 좋아 보여?"

어둠 속에서 번득이는 눈빛을 본 것 같다. 누군가 우리를 지켜보고 있다는 느낌이 들었다. 공동 세면장에서 발을 닦을 수건을 찾다가 나는 영서 뒤에서 미소를 짓고 서 있는 핏기 없는 젊은 여인을 보고 소스라치게 놀랐다.

그녀가 영서에게 어둑한 세면장 문 앞에서 수건을 내밀
고 있다.

진한 곰팡내가 풍겨오는 조그만 방, 창문마다 두꺼운
쇠창살이 단단히 못질되어 있었다. 방문만 밖에서 잠근
다면 감옥 같다는 느낌이 들었다. 좁은 실내 공간이 무거
운 기운으로 가득 차있다. 영서와 머무는 낯선 공간에서
소미와 영서와 나의 관계를 재정립하는 계기를 만들고 있
다. 아이러니하다. 벽에 기대 눈을 감고 있는 영서 또한
소미를 나보다 더 간절히 원하고 있는지 모르겠다. 우리
둘 다 소미를 원하고 있지만 각각 내재한 생각은 다를 수
밖에 없었다. 한 마리 화사처럼 긴 혀를 날름거리며 그녀
의 깊숙한 곳을 핥고 있는 영서의 환영이 강하게 밀려왔
다. 심장이 목구멍으로 튀어나올 것 같이 쿵쿵 뛰어올랐
다. 나는 한 마리 굶주린 플리(flea). 통제가 불가능한 욕
구가 밀려왔다.
민박집 주인 남자의 거친 발걸음 소리가 들렸다. 그가
노크 없이 손잡이를 확 잡아당겨 방문을 열어젖혔다.
"시장하신데 어서 한 술 뜨러 가시지유."
민박집 남자가 말로는 재촉하지만 번득이는 그의 외눈

이 깔아 놓은 이부자리에 꽂힌다. 야비한 눈빛으로 나와 영서를 살핀다. 그가 부엌과 식당을 겸해서 쓰는 거실 같은 마루방으로 안내했다. 싸구려 양탄자 모양의 깔개 위에 군데군데 담뱃불에 눌어붙은 자국, 금세라도 연기가 피어오를 것 같은 낡은 비닐 전기장판에서 후끈한 열기가 올라왔다.

꾸덕꾸덕하게 말린 우럭찜이 상에 올라, 짭조름한 바다 냄새를 토해냈다. 기대보다 푸짐한 저녁상이었다. 소주 한 병을 청하자 주인 여자가 앞치마 주머니 속에 미리 넣어둔 소주병을 꺼내 상위에 올려놓았다. 민박집 주인이 신경정신과 전문의라는 금박 입힌 영서의 명함을 유심히 살펴본다. 흰 동자가 희번덕거리는 제 딸을 영서 앞으로 나 앉으라는 듯 어깨를 질벅였다.

"이사 선상님, 지기 참 예쁘게 생겼는니요, 날서리 시작하는 밤이 되면 아무 사내나 달고 들어온다니께유. 아침에는 말여유 훼까닥 돌아가꼬 같이 잔 놈 아랫도리를 칼로 자르려 든당께요. 내참, 전생에 뭔 죄를 겼는지… 자 좀 어디 한군데 심줄을 잘라서, 얌전하게 만들 순 없는감유? 선상님!"

민박집 주인 애꾸눈 사내가 나오지 않는 눈물을 짜듯

징징거리며 두서없는 말을 계속 늘어놓았다.

"요샌 저년이 말여유, 나한테도 칼을 드리댄다닝께유."

영서와 내가 한 이불 속에 같이 누워있다는 자체가 어색했다. 나는 조용히 눈을 감고 있었다. 하루 세 시간 이상 자본 적이 없는 나는 잠자리가 바뀌자 불면증이 더 심해졌다. 영서가 버둥거리며 숨소리가 가빠진다. 경련이 온 듯, 영서가 몸을 떤다. 영서가 울음 섞인 비명을 지른다. 엄마를 부른다. 영서 졸업식 날, 손수레 이동 콩나물국밥, 아침장사를 마치고 달려가는 졸업식장 앞에서 엄마와 수례를 깔아뭉갠 15톤 트럭의 굉음이 오늘밤에도 여지없이 영서를 덮쳤나보다. 나는 영서를 깨웠다.

조심스러운 발자국 소리가 방 앞에서 멈춘다. 나는 바짝 긴장한다.

"오빠들 주무세요? 문 좀 열어보세요."

영서가 벌떡 일어나 문을 열려 했다.

"안 돼! 문 열면 절대로 안 돼."

나는 급하게 영서를 가로막았다.

"오빠들 잠 깬 것 다 알아요. 문 좀 열어보세요."

애원하듯 떨리는 목소리가 들려왔다. 나는 마른침을 꼴깍 삼켰다. 잠시 침묵이 흘렀다. 문틈을 비집고 회칼이 쑥 들어왔다. 찬바람이 문틈을 타고 들어온다. 새벽 달빛 받은 찰랑찰랑한 회칼이 문풍지같이 떤다.

한 마리 플리(flea)가 돌기를 세우고 있다. 싱싱한 체강, 그놈이 눈앞에 서 있다.

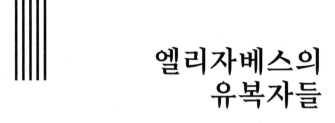

엘리자베스의
유복자들

엘리자베스의 유복자들

　당산철교 위로 육중한 전철이 괴성을 지르며 달려나 갔다. 그 위세가 공항 활주로를 박차고 이륙하는 A380- 800처럼 국회의사당 내 외부를 뒤흔들었으나, 적응력 뛰 어난 의원들은 꼬리털 하나 떨림이 없었다.

　날렵한 몸매, 윤기가 자르르 흐르는 벨벳 검은색 싱글 이, 내면에서 표출되는 깔끔한 성격과 조화를 이룬 도베 르만 야곱 청문회 위원장이 단상으로 올라섰다.

　"지금부터 진도당 대표의원이시며, 모자복지위원회 자 문이신 진삼순 엘리자베스 의원이 저지른 유복자 양산 청 문회를 시작하겠습니다."

　그가 의사봉을 품위 있게 내리치며, 개회사를 길게 늘 어뜨려 선언문을 낭독하듯 했다. 중계 카메라가 돌자 이 를 의식한 각 당 대표 의원들이 곧추앉아 엄숙한 분위기 를 만들어 냈다. 특히 '여야를 가리지 않겠다' '계파에 연

연치 않겠다'는 초선 의원들의 진지함이 숙연해 보였다.

"진삼순 엘리자베스 의원께서는 증인석으로 나와 주시기 바랍니다."

도베르만 야곱 청문회 위원장이 중압감 넘치는 목소리로 진삼순 엘리자베스 의원을 불러냈다. 반사형 선글라스를 뒤덮어 쓴 얼굴에서 반들거리는 코만 보였다. 마치 발위에 축 늘어진 배를 올려놓은 듯한 모양이 힘겨워보였다. 안전띠를 두르듯 깍지 낀 양손으로 배를 끌어안고 느릿한 걸음으로 나타났다.

머리부터 발끝까지 보라색 일변도로 치장한 그녀가 꼭짓점을 찍듯 청보라 실크스카프를 짧은 목에 두세 번 감고 있었다. 한 걸음씩 내디딜 때마다 가늘어 보이는 높은 구두 굽이 부러질 수 있다는 연상이 청중을 긴장시켰다. 그녀가 무시히 지정된 좌석에 앉자 구석진 방청석에서 인도의 숨소리가 새 나왔다.

중계카메라에 녹화중이라는 빨간불이 켜지자 이를 인식한 불도그당 대표 아담 의원이 제 모습이 줌인 되기를 바라며, 과장된 몸짓으로 질의를 퍼부었다.

"진삼순 엘리자베스 의원!"

"예."

기어들어 가는 대답에 불편한 심경을 그대로 드러낸 불도그당 아담 의원이 진삼순 엘리자베스 의원을 비난하는 어조로 의사진행발언을 시작했다.

"국민 혈세로 지어진 국회의사당에서 부도덕한 진삼순 엘리자베스 의원의 애정 행각을 청문하게 된 것을 국민 여러분께 면구하게 생각합니다. 출산이 임박하신 진삼순 엘리자베스 의원께서 힘드실 줄 알지만, 성의 있는 답변을 촉구합니다."

검사 출신인 불도그당 아담 의원이 유식한 척 늘어 논 말이 방청석에 도달하기 전에 재치 있는 2번 카메라 촬영 기사가 불도그당 아담 의원 입술에서 흘러내리는 걸쭉한 침을 왼손 손바닥으로 슬쩍 닦아 올리는 모습을 클로즈업 했다.

"금세기 유일한 촛불 혁명으로 민주정권을 창출한 국가에서 인민재판과 다름없는 의원 사생활에 관한 청문회를 연다는 것은 납득할 수 없는 행태이지만, 존엄한 입법기관이라는 것을 감안해 성실하게 답하겠습니다."

진삼순 엘리자베스 의원이 쭉 찢어진 작은 눈에 힘을 주어 불도그당 아담 의원 의사진행 발언을 되받아쳤다. 불쾌해진 불도그당 아담 의원은 보좌관이 넘겨준 A4용지 서너 장을 빠르게 훑어본다. 그가 야비한 미소를 지으며 고개를 끄덕이자 늘어진 턱 주름이 기름이 가득 찬 주머니처럼 번들거렸다. 이를 지켜보는 방청객들은 속이 매슥거렸다.

"진삼순 엘리자베스 의원께서는 초경부터 임신하셨군요. 사람으로 치면 열두 살 내외 미성년이었습니다. 약삼 년 만에 무려 오십여 자녀를 출산하셨어요. 모두 유복자로 말입니다. 진삼순 엘리자베스 의원께서는 이 부분을, 즉 유복자로 태어나게 된 연유를 국민이 납득할 수있게 상세하게 답하셔야 합니다."

장황한 발언을 마친 불도그당 아담 의원이 만족한 미소를 지으며 자리에 앉았다. 눈을 감고 듣고 있던 진삼순 엘리자베스 의원이 천천히 입을 열었다.

"제가 제일 믿고 따랐던 분이 다중인격 소유자란 것을 미처 알지 못한 책임이 저에게 있다고 통감하지만, 절대권력자이신 그분의 갑질 보복이 두려워 신상을 밝힐 수없음이 더욱 안타까울 따름입니다."

"이것 보세요! 진삼순 엘리자베스 의원! 이곳이 노동운동하다가 피신 오셔서 주지 스님하고 한가롭게 선문답하는 법당인 줄 아십니까? 이곳은 국회입니다. 국회! 구체적인 답변으로 국민에게 송구한 당신의 행위를 조금이나마 속죄해야 하지 않겠어요?"

저돌적인 불도그당 아담 위원은 진삼순 엘리자베스 의원이 증언하고 싶지 않은 일을 끈질기게 물고 늘어졌다.

"식량을 수탈당해 송기죽으로 연명하던 일본 제국주의 강점기라면 이해가 되시겠지만 반려자 칭호까지 오른 현 사회에 나 같은 여자가 있다는 것을 국민이 아신다면 얼마나 애처롭다 하시겠어요?"

진삼순 엘리자베스 의원이 아리송하게 답변했다. 불도그당 아담 의원이 벌떡 일어서 다그쳤다.

"구체적인 답변을 요구합니다."

첫 질의부터 수세에 몰린 진삼순 엘리자베스 의원은 청문회라는 분위기에 짓눌려 굴욕적인 증언을 해야만 했다.

"감금 상태에서 헤어날 수 없는 영원한 '을'로서 당한 일이라 어쩔 수 없었습니다. 의원들께서 다 아시다시피 우리는 주인의 총애를 받기 위해 몸을 사리지 않습니다. 저처럼 인격 높은 의원이 쓰면 안 되는 막말인 줄 알면서 감히 말씀드리자면, '개 패듯 팬다.' '된장 바른다.' 같은 언제 들어봐도 소름 끼치는 말을 듣고, 못 들은 척, 온몸으로 설레발을 치며 다가가는 우리 아닙니까?"

'에구 저놈의 소리는 언제 들어도 소름 끼치네….'

몇 자리 건너 동조하는 탈북 오도당 출신 의원들이 수군댔다. 진삼순 엘리자베스 의원이 마이크를 앞으로 바짝 끌어당기며 이판사판이라는 듯 힘 있게 말을 이었다.

"몇 가지만 말씀드리겠습니다. 먹고 살기가 급급한 경비 일용직 근무자인 우리가 풍문으로 듣게 되는 이야기들은 대다수 서민을 침울하게 만듭니다. 생존권을 쥐고 있는 우리 주인은 애석하게도 집안으로 들어오는 '강도 놈을 공격하라!'는 명령권이 없답니다. 불편한 진실을 알아챈 몇몇 충성스러운 개들이 짖어 대다가 사회 부적응자로 낙인됩니다. 이들은 제 목숨을 다하기 어렵습니다. 전염병 환자처럼 격리하기, 잠 안 재우기, 무차별 폭행하기, 물대포 세례, 전기 지짐, 기죽 긴 생이빨까시 서슴없이 자행해 왔습니다. 설마 그럴까? 하는 의구심이 들었지만, 국민을 외적으로부터 보호해야할 의무가 있는 민주 군대가 착검한 총으로 국민을 조준 사살하며, 찌르고, 베고, 이도 모자라 헬기에서 중기관총까지 난사할 수 있단 말입니까? 이런 황당한 의문들이 진실이 되어 갑니다. 팔구십 년 전 일본제국주의자가 만든 상흔이 '아프다' 부르짖는 26명의 위안부 할머니들의 해결방안은 외교적 걸림 돌이 있다 합시다. 사십여 년 전 우리 군이 광주 여인들에게 저지른 만행까지 묻고 가야 한단 말입니까?"

진삼순 엘리자베스 의원이 횡설수설 시대를 건너뛴 진솔한 발언이 터져나오자 '이번 청문회와는 관련이 없다.'는 G당을 대변하는 치졸한 말이 의원석에서 튀어나왔다.

"진삼순 엘리자베스 의원! 지금은 21세기입니다. 15세기 제임스 섬에서 자행된 포르투갈, 프랑스, 영국인들이 노예들에게 자행했던 지옥 같은 이야기가 이 시대에 일어났다면, 믿을 사람이 어디 있다고 허위사실을 유포하십니까? 증인! 증인은 사실만을 증언하겠다. 맹세했습니다. 위증죄로 처벌받을 수도 있습니다."

눈물을 흥건하게 흘리며 증언하는 진삼순 엘리자베스 의원의 증언을 막아 보려는 전 집권당, 불도그당 아담 의원이 역사적 진실 앞에서 아전인수 격으로 되받아넘기자 방청석에서 야유가 터져 나왔다. 이를 놓치지 않고도 집권당 도베르만 야곱 청문회 위원장이 빠르게 말을 이었다.

"성의 있는 답변에 감사드립니다. 증인께서 증언하신 사태의 심각성을 감안해 볼 때, 만약 국가권력이 개입해 국민을 해친 사태라면 사소한 일일지라도 책임자 처벌과 국가가 보상해야 마땅하다고 생각합니다. 우리 집권당 이름으로 법안을 발의하겠습니다."

'법안을 수백 수천 개 발의하면 뭐하냐?' 불퉁거리는 소리가 노골적으로 튀어나오자 도베르당 야곱 위원이 당황함을 금치 못했다. 잠시 틈을 들이며 자료를 훑어보던 불도그당 아담 의원이 더 이상 나오지 않는 고개를 쑥 내밀 것 같은 제스처를 쓰면서 질의를 이어갔다.

"지금부터 약 삼 년 전 첫 배란기 중에, 추종하는 당원들에게 일어난 불가사의한 일을 상세하게 증언해 주시기 바랍니다."

진삼순 엘리자베스 의원은 원통함에 목이 잠겨오자 유리잔을 들어 목을 축이고 나서, 비장한 눈빛으로 또박또박 말을 하기 시작했다.

"말씀드리겠습니다. 첫 가임기에 들어서, 난소에서 열 개의 미성숙난자가 생성되자 저는 가슴이 덜컹거리고 얼굴에 화롯불을 피워 놓은 듯 화끈화끈 달아올랐습니다. 몸 밖으론 페로몬이 분비되기 시작했어요. 난소에서 만들어진 이것이 나팔관을 타고 내려와 미지의 멋진 남성 당원을 기다리고 있었습니다. 나는 변두리 유리 가공 공장 앞마당에 긴 쇠 목줄로 묶여 있었습니다. 철문 틈새로는 언뜻 보이는 유리 가공 공장 공터는 아이돌 공연장 같았습니다. 인접한 다른 지역구까지 관심 있는 당원들이 수없이 몰려들었습니다. 그중에 몸집이 큰 콜리 빈센트 당원과 골든 레트리버 요셉 당원이 제 눈에 번쩍 띄었어요. 저는 그 둘 중 어느 당원을 먼저 받아들일까 고민하다가 도로 끝에서 많은 팬을 거느리고 핫도그를 입에 물고 있는 버니즈 마운틴독 이사야 당원을 발견했습니다. 숨을 쉴 수 없을 정도로 제 가슴이 두근거렸습니다."

진삼순 엘리자베스 의원의 몸은 청문회장에 있었으나 시간을 거슬러 올라가 버니즈 마운틴독 이사야와 함께하고 있었다. '참말로, 진삼순 엘리자베스 의원 남성 편력이 대단하네!' 의원들의 수군거리는 소리에 아랑곳하지 않고 그녀는 고개를 똑바로 들고 증언을 계속해 나갔다.

"저는 거만하게 서 있는 버니즈 마운틴독 이사야 당원에게 철문 틈 밑으로 강한 페르몬을 흘려보냈어요. 그가 망설임 없이 뒷다리를 번쩍 쳐들어 과감하게 전봇대 제일 높은 곳에 영역 표시를 했어요. 나는 그분의 남자다움에 푹 빠져 오로지 그분만을 생각하게 되었어요. 아마 여러분도 그 자리에 계셨다면 같은 마음이었을 겁니다. 당연히 콜리 빈센트 당원과 골든 레트리버 요셉 당원을 뒤로 밀어냈어요. 나는 한시라도 빨리 버니즈 마운틴독 이사야 당원과 같이 있고 싶었어요. 주인이신 높은 분에게 다가가 온몸을 털이 수북한 그의 통통한 다리에 비비며, 꼬리를 들어 올려 나의 몸 상태를 알렸습니다. 새끼를 많이 낳아, 코로나19로 어려운 경제에 보탬이 되겠다는 맹세 같은 것이었습니다. 나는 그가 목줄을 풀어주고, 자유연애를 보장해주길 바랐으나, 그때는 시기적으로 불운했습니다. 주인이 건달 대여섯을 불러들였습니다. 주인과 그들은 초복이라는 이유만으로 대낮부터 독한 술과 영계백숙을 먹다가 나와 눈이 마주쳤습니다. 나는 그의 마음을 얻고 싶어 S자형으로 허리를 비틀며 꼬리를 바쁘게 나선형으로 흔들어 댔습니다. 그의 눈빛이 순간적으로 달라지고 있다는 것을 알았습니다. 게슴스레한 눈으로 나를 져다보던 주인이 내게 다가오더니 목줄을 더 짧게 잡아매는 것입니다. 나는 실망했지만, 처분대로 따를 수밖에 없었습니다. 그는 유리공장 마당으로 통하는 큰 철문을 조금 열어놓고, 문 뒤로 숨었습니다. 이때를 놓치지 않고 버니즈 마운틴 독 이사야 당원이 뛰어들었습니다. 그는 내게 다가와 열정적으로 구애를 했습니다. 우리는 거침없이 사랑을 나누었습니다."

청문회장은 절정에 다다른 영화관 같이 긴장감이 흘렀
다. 위원장석 오른쪽에 앉아 있는 푸들당 비비안 의원 입
에서 '부럽다'는 말이 탄식과 함께 터져 나왔다. 진삼순
엘리자베스 의원이 한숨을 길게 쉰 후 담담하게 말을 이
었습니다.

"쇠와 쇠가 어슷하게 스치는 소리가 들렸지만, 우리는
철문이 잠긴다는 분위기 파악조차하지 못 했습니다. 그만
큼 서로에게 푹 빠져 있었습니다. 달콤한 여운이 채 가시
기도 전에 나는 살며시 일어나, 내 사랑에게 줄, 흙 속에
묻어둔 간식을 찾고 있었습니다. 요란한 발자국 소리 뒤
로 내려치는 둔탁한 소리와 내 사랑 버니즈 마운틴독 이
사야 당원의 비명이 들렸습니다. 나는 준비한 간식을 입
에서 떨어뜨리고 뛰어나갔으나 내 사랑은 보이지 않고.
흘러드는 연기 속에서 그의 체취를 맡았을 뿐입니다."

방청석에서는 애틋한 울음소리가 터져 나왔다. 훌쩍거
리며 휴지를 찾는 의원들도 있었다.

"그날 밤을 뜬눈으로 새웠습니다. 주인은 한낮이 되어
서야 일어나 만족한 얼굴로 나를 목욕시키더니 시원하게
빗질까지 해주더군요. 목줄까지 풀어줬습니다. 나는 놈

이 원하는 대로 움직일 수밖에 없었습니다."

진삼순 엘리자베스 의원은 착 가라앉은 목소리로 천천히 지난 일을 회상하며 말을 이어갔다.

"며칠 후면 난자는 모두 성숙해지고 그것을 신호로 닫혀있는 나팔관이 열려 모든 정자를 받아들이게 되어있는 나는 좋은 형질의 당원이 절실하게 필요했습니다. 밖으로 뛰쳐나가려 했으나, 좁은 틈새로 나갈 수는 없었지만, 목줄이 풀려있어 철문 틈새로 당원들을 전부 볼 수 있어 큰 위안이 되었습니다."

불도그당 아담 위원은 증인석에서 가감 없이 답변하는 진삼순 엘리자베스 의원이 가엽지만, 자신이 시작한 질의를 거두어들일 수는 없었다.

"마음이 조급했습니다. 사랑할 시기를 놓치게 된다면 종 변화를 이룬 훌륭한 자식을 둘 수 없었습니다. 이때 용감한 콜리 빈센트 당원이 발톱을 세워 철문 밑 흙을 파내고 좁은 틈새로 기어들어 왔습니다. 곁으로 다가온 그가 물고 온 간식을 내 앞에 바쳤습니다. 제법 살이 붙어 있는 쇠갈비를 뜯고 있는 나에게 정중히 청혼해 왔습니다. 몸집이 크고 털이 부드러운 그에게 푹 빠져든 순간, 어제의 아픔은 잊었습니다. 그를 받아들였습니다. 스르륵 사무실 문 여는 소리가 났지만, 우리는 서로에게 너무 열중한 나머지 사태의 심각성을 알아채지 못했습니다. 중무장한 주인이 나타나 나와 사랑에 빠진 콜리 빈센트 당원을 삽으로 후려쳤습니다. 숨이 끊어지지도 않은 그를 질질 끌고 들어간 후, 연기가 피어올랐습니다. 나는 원통했지만 주인 놈에게 대항할 엄두조차 못 했습니다."

진삼순 엘리자베스 의원이 흐느끼느라 더 말을 잇지 못했다. 물 한 모금을 마신, 눈을 감고 있는 그녀가 마음이 진정되기를 기다렸다. 이삼 분의 침묵이 긴 시간처럼 지나갔다.

"아침이 밝았습니다. 주인의 입에서 콜리 빈센트 당원의 체취가 났습니다. 나는 슬픔을 참지 못하고 엎드려 울고만 있을 때였습니다. 골든 레트리버 요셉 당원이 낮은 쪽 담장을 뛰어넘어 내게 달려온 것입니다."

'어쩜 저리 남자 복이 많을까?' 탄성이 흘러나왔다.

"나는 슬픔 속에서도 그를 반갑게 맞았습니다. 그와 짧고도 애절한 사랑을 나누었습니다. 이 모습을 공장 안에서 유리창으로 내다보고 있는 주인이 미리 준비한 쇠 목줄로 골든 레트리버 요셉 당원을 마당 한쪽에 묶어 놓았습니다. 우리는 공장 마당 끝 담벼락 밑에 목줄에 묶여 있었지만 일주일 간의 꿈같은 시간을 보냈습니다. 어느 날 오후 오토바이 소리가 요란하게 났습니다. 여러 종의 당원 냄새가 풍기는 건강원 원장이라는 사람이 들이닥치더니 내 사랑 골든 레트리버요셉 당원을 한쪽 면이 철사줄로 엮인 상자 속에 꾸겨 넣고 주인 놈에게 종이 몇 장을 건네고 갔습니다."

슬픔이 복받쳐 오른 진삼순 엘리자베스 의원이 기진맥진해 보이자 불도그당 아담 위원이 서둘러 끼어들었다.

"감사합니다. 이상은 불도그당 아담 위원이었습니다."

도베르만 야곱 위원장이 점잔을 빼며 청문회를 지속해나가기 위한 의사진행 발언을 시작했다.

"어려운 여건 속에서도 성의 있는 답변을 해주신 진삼순 엘리자베스 의원에게 깊은 감사를 드립니다. 순서에 의해서 이번에는 코카스파 당 코카스파 젬마 위원께서 질의해 주십시오."

"감사합니다. 위원장님! 같은 여성으로서 아픈 마음을 이해하려 노력합니다. 그러나 의원께서는 높은 곳에 있는 놈이 당원을 해치리라는 것을 짐작하고도 말초신경이 느끼는 순간적 쾌감과 다양한 종의 출산이라는 목적 달성을 위해 미필적 고의로 살인을 묵인함과 동시에 당신이 미끼로 쓰인 것에 대해 죄책감조차 느끼지 않고 있습니다. 이에 본 의원은 있을 수 없는 범죄행위로 단정 짓고 싶습니다. 증인은 말입니다, 첫 당원 버니즈 마운틴독 이사야 당원이 쉽게 희생되고 나서, 바로 다음 날 당신이 사랑하던 콜리 빈센트 당원도 똑같은 방법으로 주인 앞에 노출시켜 죽임을 당하게 했으며, 더 기막힌 일은 그다음 날 골든 리트리버 요셉 당원까지 개죽음으로 몰고 갔다는 사실입니다. 증인은 인정하십니까?"

"주검으로 의도적으로 몰아갔다기보다 초복과 배란 주기가 맞아 떨어진 시기적 아픔이라고 생각합니다. 중혼과 다중 교배는 우리에게 대대로 내려온 관습입니다. 이것을 범죄라 하시면 글로벌시대 높은 분들이 추구하시는 신품종개량사업과 세계 경제 활성화를 위한 뉴우 프로젝트는 어떻게 달성하겠습니까? 순종 DNA를 고집한 일본이, 풍습으로 내려온 근친결혼을 막지 못해 못된 형질을 이어받아 가까운 이웃 나라를 침탈하여 여성을 전쟁 노리개로 만든 야비한 놈들이 잘못을 사죄하기는커녕, 뻔뻔스런 수상이라는 놈까지 우리 땅 독도를 넘보는 막말을 늘어놓고 있지 않습니까?"

숨죽여 듣고 있는 방청석에서 박수가 터져 나왔다. 코

카스파 당 코카스파 젬마 위원은 자신의 질의보다 진삼순 엘리자베스 의원의 답변에 박수갈채가 더 일자 큰 소리로 질의 수위를 높여 화기애애해진 분위기를 억압해 나갔다.

"이것 보세요! 당신은 큰 몸집에만 이끌린 외모지상주의자로서 모두 먼 바다 건너온 외국 것들에게 기회를 준다면 당신네 진도당부터 당세가 기울지 않습니까?"

"도베르만 야콥 청문회 위원장님! 아메리칸 코카스파 당 젬마 위원의 발언은 당과 저에 대한 지나친 인격 모독입니다. 그의 말을 녹취에서 삭제하시고 발언을 철회하게 해주시기를 바랍니다."

진삼순 엘리자베스 의원이 격하게 항의하자 코카스파 당 젬마 위원의 공격성 발언 수위가 높아져 폭탄을 쏟아붓듯 했다.

"이것 보세요! 증인, 당신의 배는 이미 땅에 끌리잖아요. 곧 출산 시기가 다가올 텐데, 자연분만으로는 산모와 아이가 위험해질 수 있습니다. 제왕절개로 분만을 해야 두 목숨을 건질지도 모를 일입니다."

"목숨이 위태로워질 수 있다고 생각해 봤습니다. 그러나 우리 진씨 가문의 영광을 위하여 더 좋은 DNA를 받고자 노력하는 것만큼은 이해해 주시기 바랍니다."

"첫 출산에 버니즈 마운틴독 이샤야, 콜리 빈센트, 골든레트리버 요셉 당원 아이들이 모두 태어났습니까?"

"예. 콜리 빈센트 당원 아이 둘, 골든리트리버 요셉 당원 아이 셋, 버니즈 마운틴독 이샤야 당원 아이 셋. 모두 여덟 아이가 태어나 무럭무럭 자랐으나 불행하게도 모두 아빠의 모습을 보진 못했어요. 제게는 쓰라린 고통이었습니다."

진삼순 엘리자베스 의원이 눈물과 콧물이 범벅된 얼굴을 한 손으로 가리며 훌쩍였다. 버니즈 마운틴독 이샤야, 콜리 빈센트, 골든레트리버 요셉 당원 그들은 진삼순 엘리자베스 의원이 사랑이 뭔 줄 모르고 삼킨, 화사한 해당화 속에 가시같이, 아직도 그녀를 찔러대는 아픈 존재로 남아있었다.

"저의 질의는 여기까지입니다!"

아메리칸 코카스파 당 젬마 위원이 여성답게 섬세한 부분까지 들춰내 질의를 마치자, 국민의 우상으로 떠올라 '차기 대통령 감은 젬마 위원같이 섬세하게 국민을 돌볼 수 있는 여성이 되어야 한다.'고 방청객들이 소곤댔다. 자랑스럽게 의사봉을 매만지던 도베르만 야곱 위원장이 졸음이 쏟아지자 두 손으로 입을 가리며 하품을 하다가 멋쩍게 일어서서 의사진행 발언을 했다.

"이번에는 닥스훈트당 오달순 아네스 위원께서 질의하시겠습니다."

짧은 다리와 긴 허리 쥐꼬리보다 조금 긴 꼬리를 치켜든 오달순 아네스 위원이 질의를 시작했다.

"증인의 아픈 마음을 이해하지만 몇 가지만 묻겠습니다."

진삼순 엘리자베스 의원은 대답 대신 물 잔을 들어 올려 목을 축였다. 그녀의 지친 모습이 애처롭지만 그들만의 청문회는 당간의 계파 싸움인 반대를 위한 반대는 단한 건도 나오지 않았다. 둥근 지붕 여의도에서 열리는 어떤 청문회보다 진지하고 엄숙하게 계속되었다.

"증인은 두 번째 가임기가 왔을 때 포인터 가브리엘, 이일리쉬세디 시몬, 싸씨용 가르시아, 차우차우 위난 당원 등 무려 대여섯 당원을 유리공장 앞마당으로 유인하여 죽음으로 몰아갔으며, 세 번째 가임 기간에 미니어처 푸들 마를린, 브랜치불독 애슐리, 동갱이 모건이라는 보호당원까지 싹쓸이해 미끼로 썼다는 것이 더 큰 문제를 내포하고 있습니다."

오달순 아네스 위원의 질의에 진삼순 엘리자베스 의원

이 발칵 화를 내며 대들었다.

"의장님! 닥스훈트당 오달순 아네스 위원의 질의는 심한 인격 모독입니다. 이 질의에 대해서는 답변을 거부합니다."

닥스훈트당 오달순 아네스 위원은 상기된 얼굴로 보좌관이 건네준 자료를 훑어 내려가며 뾰족한 입으로 비정하게 말을 이었다.

"증인은 당원 열댓 명의 목숨을 넘긴 대가로 받아 챙긴 재산이 수백 건에 이릅니다. 이들을 모두 차명계좌와 현물로 은닉한 것이 분명합니다. 의원 윤리 강령에 의해 의원직에서 면직 처리함과 동시에 검찰 수사를 요청하는 바입니다."

멍하니 앉아 초점 잃은 눈으로 대답하던 진삼순 엘리자베스 의원이 상기된 얼굴로 닥스훈트당 오달순 아네스 위원의 말을 강력하게 막고 나섰다.

"아닙니다. 저는 절대로 당원을 팔아 개인적인 이득을 챙긴 사실이 없습니다. 혹시 제 비서관이 업무 착오로 재산 등록에서 빠트린 부분은 있을 수 있겠으나 그 또한 버니즈 마운틴독 이사야 당원 모친께서 물려주신 유산 일부를 크게 부풀려진 것 같습니다."

민감한 질의가 나오자 '팔이 안으로 굽는다는 속담같이' 도베르만 야곱 위원장이 점잖게 말을 이었다.

"오늘은 진삼순 엘리자베스 의원의 유복자 양산에 대한 청문회입니다. 부정 축재에 대한 청문회는 다음 회기로 밀어 놓겠습니다."

도베르만 야곱 위원장의 발언 제지에 열이 오른 오달순 아네스 위원은 자신이 여성이라는 처지를 망각하고 막말 질문을 퍼부어 댔다.

"증인! 여성들의 신체 조건상 미성숙 난자를 배란한다 치더라도, 남성 편력이 너무 강한 것 같습니다. 젊은 남성 당원 보호 차원에서 어쩌면 진삼순 엘리자베스 의원에게 물리적 거세를 해야 한다고 건의하고 싶습니다."

오달순 아네스 위원의 질의는 짧은 다리, 살진 모습과는 달리 날카롭게 계속되었나. 심한 말과 상대방을 비난하는 욕설이 청문회장을 오고 가자 도베르만 야곱 위원장이 서둘러 조정에 나섰다.

"여러분 여기는 강 건너에 있는 둥근 지붕에서 하는 청문회와는 질적으로 다릅니다. 이곳에서는 여야 의원들께서 반대를 위한 반대를 쪽수로 밀어붙이는 표결을 해본 적이 없습니다. 지금 일부 위원님들께서 보이신 태도를 부끄럽게 생각하며 청문회 위원장의 직권으로 의학박사 롯트와일러 데니스 박사를 모시고 진삼순 엘리자베스 의원께서 하신 답변이 타당한지에 대한 여부를 알아보겠습니다. 더불어 법리 학자 삽살 도널드 박사님을 모시고 오달순 아네스 위원의 발언이 인격 모독에 해당하는지를 법리 해석해 보겠습니다. 우선 이 자리에 참고인으로 와 계신 여성의학과 롯트와일러 데니스 박사님을 모시겠습니다."

"의학박사 롯트와일러 데니스입니다. 저는 강남 영동3교 밑에서 불임 시술 전문병원을 운영하고 있는 원장입니다. 진실만을 말할 것을 맹세합니다!"

"참고인께서는 불임시술 전문이라는 선전만 하지 마시고, 여성의 생리적인 현상에 대해 검증된 자료를 명쾌하게 들려주시기를 청문회 위원장으로서 정중하게 부탁드립니다."

선서를 마친 여성의학과 롯트와일러 데니스 박사가 멋쩍게 웃으며 청문회장 의자에 깊숙이 들어앉자 거만해 보이기까지 했다.

"롯트와일러 데니스 박사님! 우리 여성들만 유독 미성숙 난자를 배란합니까?"

"우리 갯과는 포의류 중에서도 생식기 계통이 고도로 진화해서 그렇습니다. 보통 십여 개의 미성숙 난자를 배란하고 페로몬을 분비하여, 지역 당원 모두에게 알리는 것은 흙수저 금수저를 가리지 않고 기회균등을 보장하는 것입니다. 난자가 성숙하는 기간 남성 당원들이 유전자의 우수성을 보임으로써 선택받을 기회를 얻게 함입니다. 아라비안나이트 이야기 중에 나오는 궁중 파티 초대처럼 왕자 간택 행사 같은 것입니다. 인간들이 금실이 좋은 부부를 비둘기와 비교하나, 본인이 연구하여 이미 학회에서 밝힌 것같이 너덧 개의 알 중 유전자가 같은 것은 거의 없다는 것입니다. 이것으로 미루어 짐작건대, 본인의 생각으로는 진삼순 엘리자베스 의원 행위는 신체 건강한 여성으로서 정당한 행위입니다."

"감사합니다, 롯트와일러 네니스 박사님! 참고하겠습니다."

닥스훈트당 오달순 아네스 위원은 미모나 몸매를 진삼순 엘리자베스 의원과 비교해 보다가 혀를 끌끌 차며, 자신이 처녀로 늙고 있다는 것이 내심 자존심이 상했지만, 카메라를 의식하며 평정심을 잃지 않고 진삼순 엘리자베스 의원에게 독설 같은 질의를 부드러운 미소 속에 퍼붓는 양면성을 보였다.

"증인은 주인을 버리고 탈당하여 다른 지역구로 옮길 생각은 안 해봤습니까?"

"해봤지요. 요즘같이 국민이 깨어있는 시기에 선거 지역구 변경은 현실적으로 불가능합니다. 만약 무모하게 감행하다가는 탈당을 시도하기 전, 소문만으로도 지역구에서 배척당하는 일이 부지기수라 합니다."

"답변 감사합니다. 이상으로 닥스훈트당 오달순 아네스 위원 질의를 마치겠습니다."

청문회장은 박수 소리가 떠나갈 듯 이어졌다. 청문회 의장 도베르만 야곱 위원은 부드러운 음성으로 진삼순 엘리자베스 의원을 걱정하며 입을 열었다.

"증인은 많은 유복자를 혼자 몸으로 키우시느라 고생을 하셨습니다. 혹시 본인 노후를 위한 연금이나 보험은 준비해 노셨나요?"

"보험, 연금… 물론 들어 놨어요. 보험회사에 연금저축을 들고 은행에 저축도 열심히 했답니다. 그러나 막상 연금 탈 시기가 되어 연금수령을 신청하고 놀랐습니다. 보험사들은 별별 이유를 다 들어 연금 액수를 깎아 내리고, 심지어 보험 약관에 있는 병명대로 발병 치료 사실 확인

원을 제출하고도 보험 사기범으로 고발당하는 일이 비일
비재 하다고 합니다."

"그게 무슨 말씀인가요? 국가가 보장하는 연금제도를
부정하는 발언인가요?"

"보험사 생명보험, 저축이라는 것이 운용 수익률이 형
편없고 설계사와 보험사들의 이익 실현에만 혈안이 되어
있습니다. 급변하는 경제 질서에 적응하려는 노력 없이,
가입자들 원금까지 까먹은 경우가 허다합니다. 그냥 생기
는 대로 먹고 마시고 말지 앞으로는 자국 보험에는 들지
않겠다고 맹세했습니다."

"그런 폐단이 있다면 금융감독원에 보험사의 부당함을
민원으로 제출하시면 좋은 해결책이 나오지 않을까요?"

"말도 꺼내지 마세요. 다 그놈이 그놈인걸요. 보험사
직원이 금감원으로 파견 근무사가 되어 민원 상담을 담
당하고 있으니 그놈이 그놈이란 말이 안 나올 수가 없습
니다."

도베르만 당수, 야곱 위원장이 부드러운 음성으로 진
삼순 엘리자베스 의원을 걱정하듯 입을 다시 열었다. 그
는 행정부의 무능함을 슬쩍 내비쳤다.

"사실은 유복자 양산 청문회보다 더 시급한 게 이 문제

아닐까 생각합니다. 우리 집단은 주인의 안녕을 위해 열심히 경비를 서서 받은 월 급여는 일반 회사 급여와는 상대가 되지 않게 적습니다. 개중에 능력자들이 자리를 떠나자 그들을 붙잡아 앉힐 목적으로 퇴직금 없는 오직 연금 혜택으로 노후만이라도 보장해준 것입니다. 여러분도 잘 아시다시피 삼사십 년간의 월 급여의 일정 부분을 십일조 바치듯 연금을 부어 왔습니다. 칠, 팔, 구십 년대에 증시가 폭락하자 공무원, 사립학교 연금, 군인 연금 등 공적자금을 무차별 투입하고, 수천억 원씩 손해를 낸, 이들은 대체 누구란 말입니까? 그들의 책임을 한 번도 물은 적이 없습니다. 우리는 한마디 대들 용기와 기백도 없이 증시를 부양한다는 이유만으로 연금이 박살났던 것입니다.”

진삼순 엘리자베스 의원은 자기에게 쏠린 화살이 다른 곳으로 날아가자 한숨을 돌리는 기색이었다.

“모두 인정하시지요? 그러나 이런 사실을 모르는 일부 국민을 매스컴이 선동해 마치 정부의 기금만으로 연금을 주는 것처럼 오도하고 있습니다. 그도 부족하여 연금 수령자 때문에 국가 재정이 파탄 난다는 말도 거침없이 흘러 다녔습니다. 연금 수령자가 국가 재정을 말아먹는 반

역자처럼 느껴지기도 했습니다. 경기가 좋지 않다는 이유만을 앞세워 고통 분담이라는 말로 정부가 약속한 연금을 나 몰라라 내던지고 삭감했으니 이것만을 바라보며 삼사십 년을 근근이 살아온 경비견들의 노후는 누구에게 보장받으란 말입니까?"

웅성거리는 위원들로, 정의롭던 청문회장 분위기가 엉켜 들기 시작했다. 여기저기서 볼멘소리가 튀어나왔다.

"가족까지 합치면 천만이 넘는 우리의 빈곤한 노년에 대해서는 대책을 아예 생각도 안 한단 말입니까? 저는 높은 곳을 향하여 매일 짖고 있습니다. 그들 중에는 연금을 쉽게 타는 분들도 많습니다. 단지 수개월을 국민을 위해 봉사했다는 말도 안 되는 이유입니다. 제가 보기에는 봉사보다는 세비와 이권 챙기기 급급한 분들이 허다한데 말입니다. 거의 공짜 연금을 타가는 불합리한 그들을 누가 막는단 말입니까?"

"즈그들이 만든 법이니 어찌하겠습니까? 여러분들도 다음 세대에는 그들같이 금수저로 태어나십시오!"

졸고 있는 닥스훈트당의 당수 이벨리아누수 위원이 탄식조로 말을 받았다.

"십여 년 동안 내팽개친 공중화장실 청소해 보겠다고

맨손으로 들어간 사람이 단기간에 오물을 모두 제거할 수 있겠습니까? 그분 능력이 특출하다 하더라도 인력 지원, 법령 지원, 자금 지원해줘야 하지 않겠습니까? 대기업들은 어렵다. 어렵다. 하면서 특혜 속에 벌어들인 이익금 약 700조 원을 꿍쳐 놓고 있답니다. 그분들 법인세 인하해주며, 국민이 짊어지고 있는 간접세, 부가 가치세만 뜯어가는 정부가 대기업 이삼 세들 편법 상속 눈 감아 주고 적당히 챙기고 세금 퉁 치는 곳, 푸른 장막으로 가려진 그곳의 일을 우리가 어찌 막을 수 있단 말입니까?"

"그렇담 국회의원이 하는 일이 무엇입니까?"

"당신도 국회의원이면서 무슨 소리 하십니까"

"화장실 물 잘 나오고, 잘 내려가는데 무슨 걱정 하겠습니까?

"그게 무슨 말입니까? 4대강 물길 막혀 썩어갑니다."

"보셨잖아요! 아무 지장 없다는 환경부 보고서."

"애들 말로 쌩 까는 소리 우리끼리도 해야 합니까?"

"자연이 썩어들고 있습니다. 국민은 어디 가서 살아야 합니까?"

"환경부 있는데 무슨 걱정입니까? 약 치면 된답니다."

"외국 군대 주둔했던 자리 용산 말입니다. 약 쳐서

복구된답니까? 아마 수백억 들어가야 땅 구실을 할 겁니다."

"위협이 한두 가지가 아닙니다. 국민이 어디 가야 마음 편히 살겠습니까?

"성주에 쭉 펼쳐진 잔디밭에 전원주택 짓고 살면 문제 없지 않습니까?"

"이것 보세요. 조용한 참외 생산지 성주가 왜 나옵니까? 아, 요격 미사일 기지 말하는 겁니까?"

"핵이 날아오다가 무서워서 뒷걸음친다는 그곳, 귀한 미사일이 있어 잘 가꾸겠지요?"

"국토교통부 장관을 부릅시다. 우리 당 이름으로 건의하여 국민이 마음 편히 살 수 있게 성주에 초대형 아파트 단지를 건설하여 전 국민을 이주시킵시다!"

"이것 보세요! 땅에서 터지나 하늘에서 터지나 피해는 똑같습니다."

시끌벅적한 청문회장이 되어버리자 성질 급한 불도그 당 당수 육불 위원이 큰소리로 외쳤다.

"위원장님, 긴급동의 있습니다."

"예, 말씀하십시오. 육불 위원님."

"이곳은 진삼순 엘리자베스 의원이 저지른 유복자 양

산 청문회입니다. 토론 방향이 빗나간 것 같습니다."

"인정합니다. 바로잡습니다. 하지만 우리는 몸싸움도, 반대를 위한 반대도, 퇴장도 하지 않고 청문회를 해내고 있지 않습니까? 이 얼마나 민주주의를 신봉하는 집단입니까? 청문회 위원장으로서 의원 여러분께 진심으로 감사드립니다. 본 청문회는 불도그당 육불 위원 말씀대로 주제가 빗나갔음을 인정하며 바로잡습니다. 오늘의 주제와 다른 토론을 삼가시기 바랍니다."

청문회 의장인 집권당 도베르만 당수, 야곱 위원장이 단호하게 말했다. 점심시간이 다가왔다. 위원장이 의사진행 발언을 했다.

"어려운 여건에서 본 청문회에 백 퍼센트 출석하시고 열심히 발언해주신 위원 여러분께 감사드리며 주무시는 분 없이 경청해주신 의원님께도 깊은 감사를 드립니다. 점심 후 청문회 장소를 시원한 바람이 부는 여의도 파랑 모자 쓴 건물로 옮기려합니다."

코카스당 코카스파 위원이 단호한 어조로 막고 나섰다.

"안됩니다. 위원장님! 그곳은 대대로 전해오는 풍수지리설에 의하면, 패거리 싸움하는 곳으로 정평이 나 있습니다. 재고하시기 바립니다."

58

"받아들이겠습니다. 하지만, 얼마 전 그들의 지도자가 새로 선출되었다 들었습니다. 상당한 지지를 받고 등장한 그로 인해 좀 달라지지 않을까요?"

"어림도 없는 말씀입니다. 벌써 시작된 반대를 위한 반대 속에 백성들이 목 타들어 젊은 애들이 말라 죽고 있다 들었습니다."

"고지하겠습니다. 두 시간 동안 정회합니다. 점심 후 다시 청문회를 이곳에서 속계 하겠습니다."

도베르만 야곱 청문회 위원장은 의사봉을 힘차게 내리치면서 조그만 소리로 말을 이어갔다.

"보는 눈이 많습니다. 의원 여러분께서는 폭탄주를 삼가 해주시기를 부탁드립니다."

'에구 딥다. 시원한 맥주에 위스키 딱 한 잔 폭탄주야….'

집권당 도베르만 위원장은 일식십 밑으로 기어들었다. 다른 의원들도 서로 눈치를 보며 어슬렁거리며 따라 들어갔다.

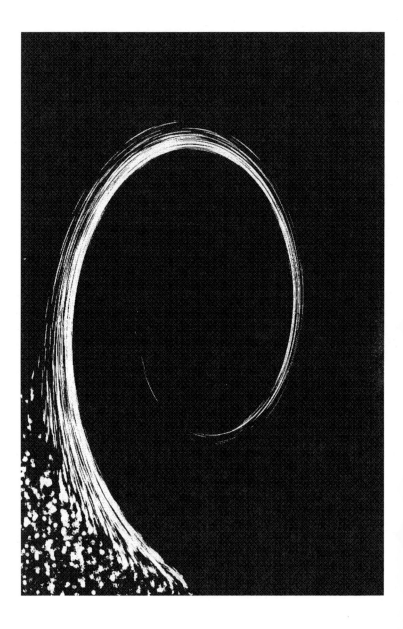

아스모데우스

아스모데우스

―사내에게 에덴동산처럼 호사스런 컨테이너 박스를 내려주었다. 터질 듯 탱탱한 육체 소유자 루시퍼의 후예 그 사내. 어둠 속에 돌아온 이브가 젖과 꿀을 내줄 때, 이브 속으로 녹아들어 카인의 재물이 되리니!―

*

'반드시 처단하겠다! 이 두 손으로!'

움직임 없는 사내를 발가벗겼다. '울퉁불퉁' 올라붙은 근육질 체구가 열두 평 남짓한 장방형 컨테이너 박스를 가득 채웠다. 날이 선 사각턱 양옆에서 이마까지 올라붙은 구레나룻이 강인한 사내임을 다시 한번 인식케 했다.

포악한 나일 악어가 아침햇볕 에너지를 빨아들여 사냥 준비를 하듯 새로 얻은 몸뚱이가 사악한 달빛에 휘감기자

근육이 꿈틀거리며 힘이 솟구치는 통제 불능한 상태로 깨진 핵 속에 들어찬 원자구름처럼 나는 불안정했다. 아스모데우스가 붉은 입술을 내 귓불에 대고 속삭였다.

"보름달이 떠올라 검은 파로호에 은빛 장막을 아름답게 펼치고 있지! 그래, 세상의 반은 어둠이 지배하지! 그 속에서 '툭' 튀어나와 날카로운 송곳니로 사람 심장을 꿰뚫어, 솟아오르는 뜨거운 피를 핥는 태즈메니야 데블 같은 너는, 고통과 주검을 초월하리라! 나를 영접하라! 유일한 희망인 암흑 속에서 너 또한 나처럼 경배를 받으리라!"

욕망과 좌절 속에서 허우적대다가 제 손으로 목숨을 끊는 증오뿐인 영혼들을 아스모데우스에게 바치는 일이, 내 임무가 되었다. 아니, 그와 주 계약 내용이었다.

"사내의 쫀득한 살가죽과 기름진 살덩이를 한 점 한 점 오려내 접은 선홍빛 살꽃으로 장식한 대림환을 사순절이 시작되는 날, 보랏빛 촛불 타오르는 새벽, 명동성당 제단에 바쳐 너의 죄를 내가 씻게 하리라!"

빨간 피를 입에 가득 문, 한 마리 태즈메니아 데블이 초승달 검은 하늘을 올려다보며 울부짖는다.

사내 손목과 발목에 볼트를 박아 너트로 고정하고 싶었지만, 자비스런 나는 왼쪽 손목과 오른쪽 발목을 등 뒤로 바짝 끌어당겨 케이블타이로 잡아 묶었다. 근육 덩어리 사내의 허벅지 사이에 숨어있는 시커먼 고환이 드러났다. 마치 도베르만 뒷다리 밑에 탱탱한 것이 매달려 덜렁거리는 그것을, 중성화 수술하는 수의사처럼, 라텍스장갑 낀 손으로 잡아챘다. 늘어난 위쪽을 가는 케이블타이로 동여맸다. 마치 조선시대 의식주 해결이 어려워 아이를 궁에 들이려는 빈곤층 부모가 고환을 명주실로 묶어 고사시킴으로 내시를 만드는 처절함을 동정하는 척 허공에 성호를 긋는다.

　'고통의 신비가 너를 완성케 하리라!'

　내 안에 들어와 꿈틀대기 시작한 아스모데우스와 나는 비대칭놀이에 빠져 상상을 초월한 가학을 사내에게 한 가지씩 천천히 가해갔다.

　사내놈을 에덴동산에 잡아넣기 전, 주도면밀한 계획 아래 주문 제작한 컨테이너 박스를 빛 한 점, 물 한 방울 들고날 수 없게 용접한 이음매를 실리콘으로 꼼꼼히 메웠다. 그 컨테이너 박스 위로 비닐하우스를 세우고 부직포를 덮어씌워 버섯재배 농막으로 위장했다. 사내의 일거수일투족을 들여다볼 수 있게 CCTV까지 설치했다. 물론 숨소리까지 들을 수 있는 오디오 장치까지 완벽을 기했다.

정신이 돌아온 사내가 자신이 처한 상황을 알아차리기까지는 오랜 시간이 걸리지 않았다. 묶인 손발을 움직거려 풀어 보려는 시도가 대여섯 번 있었지만 강선이 보강된 케이블타이가 더욱 조여들어 손, 발목을 깊게 파고들었다.

골똘한 생각 속에 잠겼던 사내가 바닥에 납작 엎드린다. 코모도 왕도마뱀처럼 몸통을 좌우로 흔들며 컨테이너 바닥을 기어 다니던 사내가 번뜩이는 눈으로 찾아낸 것은 각진 모서리였다. '결박을 풀 수 있다'는 생각이 들자 사내는 회심의 미소를 짓는다. 사내가 허리를 앞으로 잔뜩 구부린 엉거주춤한 자세로 등 뒤로 묶인 케이블타이를 날카로운 모서리에 비벼대 끊어보려 했지만 제 등만 까지는 고통으로 돌아왔다.

사내의 가늘게 뜬 눈에서 쏟아내는 안광이 레이저 빔 같이 컨테이너 박스를 세밀하게 스캔한다. 밖으로 빠져나갈 수 있는 유일한 통로가 조그만 문짝이라고 인식한 사내가 오른발에 힘을 모아 집중적으로 그곳을 차댔다. 둔탁한 소리가 CCTV를 들여다보고 있는 나를 긴장케 했다.

나는 야전 침대에 누워 잠을 청한다. 무의식 상태를 드나드는 선잠 속에 목선이 가는 병약한 사내와 여인이 이삼 미터 거리를 두고 맴돈다. 사납게 퍼붓는 소나기 속같이 흐릿했던 영상이 아스모데우스와 교접한 순간, 여름 햇살 아래 녹아내린 아이스크림처럼 형체조차 뭉개진다. 불분명한 두 개체, 그중 하나가 여덟 살부터 나를 애달게 만든 엄마였다. 허름한 나무 관을 건장한 사내가 가볍게 화덕 속에 밀어 넣는다. 활활 타오르는 불길, 화장터 앞마당에 엄마 체취가 희뿌연 안개로 내려앉는다. 내가 어떻게 해볼 수 없는 한계점 밖의 일이었다.

닷새를 물 한 모금 구경 못한 사내가 멍 때리는 시간이 잦아진다. CCTV 화면을 지켜보던 나는 정신 나간 사내의 터질 듯한 근육에 끌려다니는 내 눈이 끈적하게 그의 몸 특정 부위에 달라붙자 화들짝 놀란다. '만져 봐! 느껴 봐!' 육체의 소리, 내 속에 들어앉은 아스모데우스의 속삭임이 나를 가늘게 떨게 한다. 분명한 것은 두려움이 아니었다. 십수 년 동안 물기 없이 살아온 육신이 질러댄 소리가 이제서 되돌아오는 것인지 모르겠다.

주먹 하나 들어갈 만큼 문을 열고, 500그램이라 쓰여 있는 개 사료 한 봉지와 흥분제를 듬뿍 넣은 2리터라 표기된 페트물병을 던져 넣었다. 사내놈이 결박된 몸통을 좌우로 휘저어 기어와 주둥이 부분을 이로 물고 움켜쥔 손으로 물통을 비틀어 뚜껑을 연다. 사내가 허겁지겁 물을 입 속으로 빨아드리자 페트병이 안으로 찌그러들었다.

사내가 물을 마신 지 한 시간이 지났다. 안절부절못하는 사내를 CCTV로 줌인(zoom in)했다. 벌겋게 달아오른 얼굴, 거칠어지는 숨소리, 사내가 제 사타구니에 오른손을 밀어 넣는다. 부풀어 오른 성기가 단단해 보였다. 사내는 내가 지켜보는 CCTV 앞에서 당당했다. 사내의 반복적인 손놀림을 눈으로는 경멸하며 녹립영화를 즐기는 밀실 속의 단 한 사람인 나의 숨소리와 놈의 손놀림이 빨라지면서 내 뿜는 턱에 닿는 숨소리가 공진을 일으키자, 침을 꿀꺽 삼키고 말았다. 소스라치게 놀라는 나는 또 누구인가?

갓 구워 낸 빵 냄새가 올라오는 개 사료를 봉지째 집

어 든 사내 콧구멍이 범고래에게 쫓겨 숨이 턱에 단 물개 그것처럼 번갈아 벌렁거렸다. 사내가 개 사료를 크게 벌린 입속으로 서슴없이 털어 넣는다. 턱에 힘을 주어 씹는다. 성급히 삼키려던 놈이 사레에 걸렸다. 사내의 고개가 꺾이며 '켁켁' 댄다. 사내가 사료를 뱉어낸다. 개 사료 봉지를 컨테이너 박스 벽에 집어던진다. 카메라를 째려보는 안광이 파랗다. 뒤틀어지는 입술에 힘이 들어간다.

"난 사람이야! 이 개 같은 년아!"

습관적으로 찾아드는 아침 햇살이 비닐하우스 위로 내려앉는다. 나는 '예가체프' 원두를 볶는다. 분쇄기에 넣고 손잡이를 천천히 돌린다. 사내 손에 으스러지는 내 아이 수연이의 경추 소리였다. 사내 왼손에 들려진 회칼 끝이 가죽과 뼈 사이를 비집고 들어가자 수연이 분홍빛 속살이 지르는 비명이었다. 보혈같이 흘러내리는 커피를 머그잔에 가득 담아 한 모금 입에 물다. 가자미보다 찢어진 눈으로 CCTV 앞에 앉았다.

화면에 나타난 사내가 개 사료 서너 개를 천천히 입에 넣는다. 근육질 당당한 사내도 배고픔 앞에서는 별 수 없었다. 사내가 턱에 힘을 주자, 수사자가 임팔라 가느다란 울대에 송곳니를 박아 넣을 때처럼 '우두둑' 소리가 났다.

사내가 컨테이너 구석에 거리낌 없이 여러 번 오줌을 쌌지만, 오늘은 배를 쓰다듬으며 인상을 써댄다. 사내가 정해 놓은 잠자리에서 급하게 기어나가 옆으로 눕는다. 신체 일부를 구속당한 한 마리 짐승이 배설을 한다.

나는 사흘에 한 번꼴로 철문을 조금 열어 500그램짜리 개 사료 한 봉지와 2리터짜리 물이든 페트병을 던져 넣었다. 그것이 사흘 동안 먹고, 마실 양이라는 것을 사내놈은 몇 번의 시행착오 끝에 알아챘다.

사내놈을 가둔 지 이 주일이 지난 금요일 아침이었다. 바닥에서 올라오는 썩는 냄새가 지독했으나, 놈은 사료만 먹여 키운 짐승처럼 주는 대로 잘 받아먹었다. 반항하거나 다른 음식을 요구하지도 않았다. 때가 되면 오로지 문짝을 애타는 눈빛으로 주시하다가 카메라를 향해 손가락 두 개를 펴 보였다. 사흘에 한 번 주는 물과 사료를 이틀에 한 번 달라는 요구 같았지만 나는 묵살했다.

삼주가 다가오자 개 사료가 귀한 음식인양 사내가 한 알을 입에 넣고, 우물거리는 것이 맛을 음미하면서 먹는 듯 보였다. 페트병 속에 든 물을, 씨맨스 클럽같은 외국인 전용 바에서 병맥주 한 개로 두세 시간을 버티는 약꼽

쟁이 같이 목젖을 적신다. 한 시간쯤 지나자 놈의 아랫도리가 부풀어 올랐다. 보란 듯 자위행위를 한다. 미치광이가 날뛰듯 파괴되어가는 사내를 예상했으나 놈은 이미 에덴동산에 완벽하게 적응했다. 사내놈이 CCTV 카메라를 향해 오른손을 높이 쳐든다. 흥건한 정액이 놈의 손목을 타고 흘러내린다. 놈의 역공으로 미쳐가는 것은 오히려 나였다.

여느 때와 마찬가지로 물 한 통과 개 사료를 던져 넣었다. 놈이 익숙하게 기어와 물병에 구린내 나는 입을 맞추며, 보란 듯 여유로운 미소를 슬슬 날렸다. CCTV 카메라를 향해 끈질기게 손가락 두 개를 펴 보였다. 약이 오른 나는 '물의 량을 반으로 줄이겠다.' 소리쳤다.

사내는 시도 때도 없이 발라당 누운 채 영역 표시하는 수캐처럼 한쪽 다리를 들고 소변을 찔끔거리고, 이삼일 간격으로 대변을 봤다. 컨테이너 바닥 한쪽이 배설물로 쌓여갔다. 사내가 엉거주춤 앉거나 누울 때도 그것이 몸에 닿을 지경이 되었다.

★★

화천에서 제일 먼저 해가 뜨는 해발 1194m 해산이 한 눈에 들어온다. 단풍이 뿜어내는 핏줄기 깊은 골짜기 사이로 새파란 파로호가 내려다보인다. 나는 짜여진 각본보다 더 악랄하게 수정해가며, 사내를 처단하는 놀이를 이행하고 있다.

　시월 초 따가운 햇살이 컨테이너를 달구어 삼십여 도를 넘나들게 하고 한밤중에는 사오 도까지 내려가는 산촌은 컨테이너 바닥으로부터 찬 기운이 올라왔다. 나는 놈의 놀라운 적응력에 조바심이 났다. 이브 투입 계획을 한 주 앞당겨 실행키로 했다.

　사내놈이 잠들기를 기다려 컨테이너 문을 조심스럽게 열고 오동통한 이브를 몰아넣었다. 스산한 움직임을 간파한 사내가 눈을 떴다. 사내놈이 내게 한 짓처럼 강렬한 손전등을 놈의 눈에 들이댔다. 일순간 눈이 먼 사내가 버둥댄다.

　이브가 낯설고 어둔 곳에 갇히자 한동안 사태파악을 하려는 듯 움직임이 없었다. 그녀가 어둠에 적응하자마자 뻥 뚫린 콧구멍을 벌렁거리며 구수한 냄새의 근원지를 찾아 휘젓고 다니다가 사내와 부딪히자 겁에 질린 소리를 질렀다.

센 빛에 열렸던 동공이 좁아지자 나와 이브의 존재를 확인한 사내가 외발로 일어서서 달려들다가 균형을 잃고 앞으로 꼬꾸라진다. 이브가 각진 구석에서 찾아낸 개 사료를 진공청소기로 흡입하듯 먹어치웠다. 쓰러진 사내가 이브의 입을 발로 찼으나, 이브의 먹이에 대한 집착 앞에 사내놈의 발길질은 무의미했다.

제한된 공간에서 불쑥 등장한 암퇘지 이브가 강력한 먹이 경쟁자가 될 줄은 꿈에도 생각 못 한 사내였다. 궁지에 몰린 사내의 머릿속이 회전목마처럼 회전하다가 제주도 꺼먹돼지를 떠올린다. 제주도 민박집 저녁 밥상에 오른 맛깔스런 돼지고기가, 재래식 화장실 밑에서 키운 돼지라는 사실에 고무된 사내가 즉시 실행에 옮겼다.

날 궁둥이를 이브 코앞에 들이밀고 사내놈이 배설을 한다. 사내가 싸는 배설물에서 익숙한 사료 냄새가 나자 배고픈 이브가 그것을 먹어치웠다. 이삼일 만에 컨테이너 바닥에 말라붙은 배설물까지 이브가 거의 다 먹어치웠다. 사내가 싱글거리며 이브를 바라본다.

이브와 동거한 지 대엿새가 지났다. 피부병을 앓는 이브가 놈에게 다가가 가려운 등을 비벼댔다. 사내가 소스라치게 놀랐으나 비벼대는 이브 몸에서 온기가 느껴졌다. 사내의 몸이 이브의 체온을 원한다. 온순한 암컷이라는 것을 염두에 둔 사내가 이브 배에 등을 기댄다. 이날 이후부터 사내는 이브를 특별하게 대하는 것 같았다. 굼벵이 같이 꿈틀거려 다가간 사내가, 이브에게 머리부터 발끝까지 밀착시킨다. 이브의 체온을 받아들인 사내가 거만하게 이브 품속에서 잠이 들었다.

사내와 이브 사이가 살가운 느낌마저 감돈다. 출산 후 얼마 되지 않은 이브의 늘어진 여러 개의 젖이 사내 눈에 탐스럽게 보였다. 고개를 갸우뚱거리던 사내가 이내 행동으로 옮긴다. 사내가 두껍고 뭉툭한 손으로 이브의 배를 쓰다듬는다. 사내 손이 젖에 닿자 이브는 움직임을 멈추고 새끼가 생각난 듯 낮은 소리로 '꿀꿀' 거린다. 사내가 젖꼭지를 눌러 젖을 짜 본다. 하얀 젖이 제법 나온다. 사내가 손가락에 묻은 뽀얀 액체를 코에 대보고 맛을 본다. 사내가 싱글거리며 이브의 젖을 암팡지게 빤다.

십일월 하순에 접어들었다. 고지대 비수구미 마을은 벌써 한겨울이 되었다. 두꺼운 점퍼 차림으로도 추위를 느꼈다. 사내가 아껴 먹는 개 사료를 한두 개씩 이브 입에 넣어준다. 사내가 낮이나 밤이나 이브에게 붙어 앉아 말까지 건넨다. 어느새 사내가 이브를 반려자로 삼은 모양새였다.

십이월 중순이 되었다. 아침에 사내에게 개 사료 한 봉지와 물 한 통을 넣어줬다. 이브가 전날부터 특이한 행동을 보였다. 사내 앞에 엎드려 구애를 하듯 낮은 소리로 '쿠욱쿡' 거린다. 사내가 갓 구운 빵 내 나는 개 사료를 줘도 먹질 않았다.

사내가 걱정스럽게 이브를 살핀다. 샅이 통통하게 부풀어 올라있다. 사내가 샅을 만지자 이브가 가만히 있다. 부어오른 샅을 본 순간, 사내놈이 음흉한 미소를 지었다. 사내 아랫도리가 '불쑥' 솟는다. 사내가 이브 엉덩이를 우악스럽게 잡아당긴다.

***

9월 7일 금요일이다. 밤 1시 홍대 입구에 있는 HOPE 호텔 1207호. 박영 그의 생일, 12월 7일과 맞아떨어지는 방 호수였다. 지혈대로 왼쪽 팔뚝을 꽉 잡아맸다. 주먹을 쥐었다 폈다 하며 살갗 밑에 흐르는 정맥이 튀어나오길 기다렸다. 볼록 튀어 오른 핏줄에 알코올 솜 소독을 했다. 수혈 세트를 열고 장침을 꺼냈다.

푸르스름하게 비치는 핏줄 심장 방향으로 살갗과 칠팔도 각을 유지하며, 지혈대 바로 밑에 장침을 정맥 속으로 밀어 넣었다. 살짝 부풀어 오른 푸른빛 도는 핏줄에서 투명한 줄을 타고 흘러내리는 피를 크리스털 와인 잔에 가득 채웠다. 눈꺼풀이 점점 무거워진다.

호텔 방문이 저절로 열렸다. 무성영화 보듯 검은 영상들이 다가들었다. 두툼한 자색 양탄자 위로 뱀이 스치는 음산한 소리가 났다. 아나콘다 크기라는 느낌이 왔다. 두려움에 눈을 뜰 수 없었다.

친숙한 향기…. K공과대학 전기자기학 첫 시간 강의실에서 마주친 눈빛이 강렬한 그 박영. 젊은 날 나를 울렁증에 빠뜨린 박영. 그의 체취였다. 그의 손이 부드럽게 얼굴을 감싸왔다. 얕은 옹달샘이 넘치듯 눈물이 차올라 볼을 타고 흘러내렸다. 빨갛게 달아오른 단내 가득한 입술 사이로 그가 천천히 밀고 들어왔다. 뜨거웠다. 눈을 뜰 수도 몸을 움직일 수도 없는 아름다운 수렁 속, 아득한 혼돈 상태다. 삼류극장 영사기 돌아가듯 그에 대한 영상이 다가왔다가 긁힌 흑백 필름처럼 상처가 가득한 화면으로 지나간다. 아스모데우가 염력으로 뇌 속에 자리 잡고 있는, 나로 살아온 나를 지우기 시작했다. 포맷하는 컴퓨터 하드 메모리처럼, 순서대로 나는 사라져 갔다. 계약조건에 '지울 수 없다.' 명시한 몇 가지들…. 박영, 박수연 그리고 일궁이라는 일식집 셰프인 허갈이라는 사내.

독기 품어 쇳물처럼 달아오르는 뽑아낸 피를 크리스털 잔에 담아 아스모데우스에게 받친 의식.

박영의 품에서 처음 사랑한 날처럼 깊은 잠에 빠졌다. 머리부터 발끝까지 푹 뒤집어쓴 우리만의 공간, 우주끝이었다. 살가죽이 터질 듯 근육이 부풀어 올라, 힘이 불룩불룩 솟는 용트림 속에서 눈을 떴다.

젊은 날, 그의 입술이 지난 자리마다 빨간 피멍이 올라붙게 한 그를 확인하고 싶었다. 새끼거위 솜털처럼 부드럽게 몸을 감싸주었던 이불 속으로 손을 넣었다. 순간 등골이 오싹하는 냉기와 피비린내가 역겹게 올라왔다. 이불을 확 걷어붙였다.

"검은 개다!"

사람보다 큰 도베르만 수캐가 박영이 누워 있어야 할 자리에 엎드려 있었다. 텅 빈 와인 잔이 침대 모서리에 쓰러져 있다. 개의 주둥이 끝에 붉은 피가 묻어 있었다.

"너는 내 꺼야! 순순히 따라와!"

도베르만 모습으로 나타난 아스모데우스의 명령이 세찬 바람과 뒤엉켜 방안의 온갖 집기를 뒤흔드는 울림소리로 들려왔다.

갈증이 심하다. 연거푸 대여섯 잔의 냉수를 들이켰다. 한쪽 벽을 다 채운 거울 속에 비친 모습, 나는 또 한 번 소스라치게 놀랐다. 180㎝가 넘어 보이는 헌칠한 키와 보디빌더 같은 근육질 몸, 어려서 미술부 활동이 부러워 기웃거리다가 보았던 비너스 같은 몸매에 헤라클래스 같은 근육이 붙어있었다.

'내가 아니다.'

프렌치 코트만 걸친 바바리 맨 같다는 생각에 헛웃음이 났다. 호텔 문을 나섰다. 검은 개가 소리 없이 따라나섰다. 홍대 입구는 인파로 가득했다. 거치적거리는 사람 사이를 검은 개는 홀로그램처럼 투과하며 나와 일정한 거리를 유지하고 따라왔다. 체형과 모습이 완전히 바뀐 나를 알아볼 사람이 없다는 현실이, 나를 더욱 매몰차게 만들고 있었다.

새 옷이 필요했다. 배가 고파왔다. 체크아웃하며 지불

한 돈이 가진 것의 전부였다. 지갑 속에는 달랑 신용카드 한 장뿐이었다. 카드대출을 받아야했다. H백화점 앞 현금지급기 앞에 섰다. 카드를 넣자마자 검은 개가 '컹' 짧게 짖었다. 현금자동지급기가 요란한 소리를 내며 돌아가다가 멈추기를 수차례 반복한다. 오만 원권 지폐가 수북이 쏟아져 나왔다. 근처에 있는 모든 현금자동지급기를 돌아 나왔다. 하수인이 되어 버린 나는 아스모데우스가 점찍은 영혼 사냥꾼 일을 시작하였다.

****

아버지의 막장 생활과 어머니의 굶주림 속에 지루한 숫자 놀음과 보이지 않는 디지털의 세계에 진력이 난 나는 K대학 전자공학과 자퇴하고 E대학 국문학과로 편입해 글 속에 묻혀 살았다. 공부에만 몰두한 결과 한 학기를 조기 졸업할 수 있었다. 졸업하자마자 학과장의 추천으로 J출판사에서 편집 일을 하게 되는 행운까지 얻었다.

IMF를 맞아 회사와 가정이 무너지기 시작하던 시기에 찌들어가는 자취생활 속에 어머니의 가슴과 연결된 내 마음에 구멍이 숭숭 뚫어지기 시작하는 늦가을, 시를 쓰는

지인이 차 한 잔하자는 자리에서 중견 건설회사 현장감독 박영을 소개했다. 짙은 눈썹이 강인하게 첫눈에 들어왔다. 젊은 날 나를 울렁증에 빠뜨린, 삼류작가가 쓴 우연의 남발처럼, K대학 전자공학과 입학 동기, 바로 그 박영이었다.

진폐증으로 능력을 상실한 가장. 찌든 아버지의 모습에 진저리가 난 나는 문학 외에는 관심이 없었다. 나는 완벽한 독신주의를 표명하고 다녔다.

박영이 퇴근하자마자 홍대 앞 '메이어' 카페로 달려왔다. 나는 그에게 문학 이외의 이야기를 듣지 않았지만, 그는 회사 문 앞에서 죽치고 기다리기를 수십여 차례, 나는 울면서 그에게 말했다.

"저는 당신이 싫은 게 아닙니다. 다만 서로의 삶을 죽여 가는 결혼 생활이 싫을 뿐입니다."

그는 그날 희망을 보았다고 말했다. 친구라는 말을 내세운 그가 막무가내로 버스를 타면 따라 탔고, 지하철에서 내리면 그도 내렸다. 긴 겨울밤 나의 창신동 자취방 골목길에서 아침이 올 때까지 긴 고드름이 된 그를 대여섯 번 본 후 나는 그를 받아들였다. 나는 박영이 처음이자 마지막 사랑임을 뼈 속에 각인했다. 그가 버린 구겨진 메모지와 밥풀 묻은 그의 숟가락까지도 시의 소재가 되었다.

동거를 시작했다. 오 년 만에 수연이를 얻었다. 수연이의 열세 번째 생일 시월 이십구일 거목 같은 그가 힘없이 쓰러졌다. S대학병원 암센터 K교수가 급성 혈액암이라는 진단을 내렸다. 급격한 적혈구 감소, 빈혈로 누워있는 날이 늘어가더니 점점 쇠약해 졌다. 의사는 몇 가지 검사를 하고는 난감한 표정을 지었다. 골수까지 전이된 그는 말기 판정을 받았다. 패혈증까지 겹쳤다. 물끄러미 수연이를 바라보면서, 눈물을 주르륵 흘리더니 기어이 눈을 감고 말았다.

그를 화장했다. 수연이와 한 줌 된 그를 안고, 조부가 함흥에서 피난 나와 화전으로 일궈낸 농토, 내가 태어나 초등학교를 다녔던 강원도 화천군 비수구미 마을로 차를 몰았다.

화천의 가을은 해산령에서 시작되어 비수구미 계곡으로 제일 먼저 찾아든다. 평화의 댐으로 이어지는 460번 지방도로를 타고 해산령 길을 따라 평지와 오르막을 30분쯤 달리면 해산터널이 나온다. 오가는 차량이 드문 구불구불한 고갯길, 눈 앞에 펼쳐지는 울긋불긋한 색채의

향연. 강기슭을 한참 거슬러 올라와 파로호를 지났다. 비포장도로에 들어선 덜덜거리는 내 차가 여러 차례 시동을 꺼먹으며 다다른, 할아버지와 아버지의 흔적이 고스란히 남아 있는 너와집. 이 근처에 그의 안식처를 만들어 주고, 나도 묻히고 싶었다.

깊은 산골의 밤은 일찍 찾아왔다. 그의 유골함을 안고 누웠다. 수연이가 곁에 누워 한 손으로 유골함을 만지작거렸다. 이제 열네 살인 수연이가 감당하기 어려운 시련이었다. 며칠 밤을 새운 여파로 둘은 죽은 듯 깊은 잠에 빠져들었다.

차가운 바람이 확 들이쳤다. 동시에 비린 냄새가 코를 찔렀다. 아주 센 빛이 눈에 화살처럼 박혀왔다. 그리고 머리에 쇠뭉치로 가해지는 둔탁한 충격. 아픔을 느낄 새도 없는 짧은 순간, 서의 동시에 수연의 비명이 흐릿하게 들려왔다.

쇠망치로 정수리를 서너 차례 얻어맞고 축 늘어진 나를, 사내가 좁은 방에서 부엌으로 난 문으로 밀어 버렸다. 부엌 바닥으로 떨어진 나는 가물가물한 의식 속에서 수연이의 길고 처절한 비명을 들을 수밖에 없었다. 중환자실에서 박영이 숨을 거두자 들리기 시작한 경고음 '삐' 소리가 들렸다.

'나는 죽었나 보다!'

반나절이 지난 오후 가까스로 정신이 돌아온 나는 힘겹게 몸을 일으켰다. 하늘과 땅이 뒤바뀌며 나가떨어졌다. 수연이의 비명을 기억해 내고는 서너 번 고꾸라지며 부엌 밖으로 나왔다. 눈 앞에 펼쳐진 참담한 모습에 나는 정신이 나갔다. 113으로 전화를 걸어 살인이 일어났고, 피해자가 내 딸이라는 사실을 횡설수설 말했다.

두세 시간쯤 지나자 대여섯 명쯤 되는 강력계 형사와 커다란 가방을 든 과학수사대, 의경 일개 소대가 몰려와 이곳저곳을 쑤시고 다니며, 범인이 흘린 단서 수집에 혈안이 되었다.

북쪽으로 뻗어 나간 단풍나무 가지 끝에 매달린 수연의 머리가 실바람에 흔들거린다. 이제 막 번지기 시작한 핏빛 단풍은 수연의 피를 빨아 마신 듯, 잎 속에 피가 가득 차 통통해 보이기까지 했다. 간장독 속에 담긴 내장과 마당에 그린 정사각형 각 모서리에 세워 놓은 팔과 다리, 그 가운데 보도블록 한 장. 빨간 벽돌 두 개를 받힌 고인돌 형상 제대 위에는 수연의 잘려진 성기가 놓여 있었다. 놈은 사이코패스, 살아 있는 악마였다.

비닐장갑을 낀 과학수사대와 형사들이 해체된 수연의 시신을 수습하며 구역질을 해댔다. 사진을 찍어대다 말고 눈 위에서 아래로 칼자국이 길게 나 있는 강력계 팀장이라는 늙수그레한 형사가, 쇠망치로 머리를 몇 차례 얻어맞고도 살아 있는 나를 날카로운 눈초리로 살피며, 똑같은 질문을 여러 번 되풀이했다. 이곳 지리에 밝지 못한 형사는 토박이 노인을 불러내, 낯선 사람의 동향과 그들이 이 마을로 들어오는 방법을 물었다.

　오지, 비수구미 마을로 들어가는 길은 세 가지였다. 해산터널을 통과하자마자 퍼지기 시작하는 햇살을 가슴에 안고 호젓한 계곡 숲길을 물소리, 바람 소리를 귀에 담으며 6km쯤을 걸으면 비수구미 마을에 닿는다. 이곳에 밝은 사람은 해산령에서 내려와 평화의 댐 갈림길에서부터 시작되는 비포장도로를 2km씀 달려가 주차하고, 외진 산길을 20분쯤 걸어, 출렁다리를 건너가면 바로 비수구미 마을이다. 또 다른 길은 선착장에서 배를 타고 들어가는 방법도 있다.

　형사들의 집요한 질문에도 나는 놈의 몸에서 비린내가 났다는 말과 일궁(日宮)이라는 상호가 인쇄된 새것 같은 일회용 가스라이터에 대해서도 전혀 언급하지 않았다. 그리고 나 스스로 맹세했다.

"반드시 처단한다! 이 두 손으로!"

사형제도가 유명무실해진 이 나라, 정신 감정 타령만 하고 있을 돈에 팔린 변호사의 망언 같은 변호….

그의 유골을 싣고 비포장도로 산비탈을 올라올 때, 15년이나 타고 다닌 내 경차가 시동이 자주 꺼지자 뒤에서 경적을 눌러대며 짜증스럽게 인상을 쓰던 사내놈. 아예 시동이 걸리지 않자 제 차와 점프해 시동을 걸어 주며, 탈진해 차에 비스듬히 누워 있는 수연이를 힐끔힐끔 훔쳐보던 낚시복 차림, 바로 그놈! 놈의 옆자리에 도베르만 수캐가 긴 혓바닥을 내밀고 헐떡거리지 않았던가. 개의 삐죽한 주둥이 끝이 유난히 붉었던 걸 나는 기억해 냈다.

역삼동 대로 변에 위치한 일궁이라는 일식집에서 놈을 쉽게 찾아냈다. 끝이 뾰족한 회칼로 커다란 다랑어를 부위별로 해체하는 손놀림이 현란했다. 놈이 썰어 주는 회에서도 역겨운 비린내가 났다. 뒤집어지는 속을 가라앉히려고 독한 일본 소주 코즈 루크로 한 병을 더 시켜야 했다. 일궁은 새벽 한 시가 되어서야 영업을 마치려는 듯 종업원들의 움직임이 빨라졌다. 나는 비틀거리며 놈에게 다가갔다. 지갑을 연 나는 허리를 꺾어 인사하는 놈의 이마 밑으로 만 엔짜리 지폐 한 장을 떨어뜨렸다. 놈이 황급히 지폐를 주워 주머니 속에 챙겨 넣고는 다른 손으로 나를 부축했다.

"내 차가… 내에 차가 어디 있더라?"

나는 더듬거리며 벤츠 350 BlueTEC 열쇠를 놈의 코앞에 대고 흔들었다. 고개를 숙이다 못해 배꼽까지 내려간 놈의 머리통을 보는 순간 도끼로 박살 내고 싶은 심정을 꾹 눌러 참았다. 놈이 나를 부축하고 지하 주차장으로 내려갔다. CCTV 사각지대에 세워둔 내차 문을 열고 놈이 나를 뒷좌석으로 밀어 넣었다. 나는 비스듬히 뒷좌석에 기대앉았다.

"어디로 모실까요? 사모님!"

"대리 기사만 불러줘요."

나는 손사래를 치며 거만하게 사양하는 체했다.

"아닙니다, 사모님! 요즘같이 험악한 세상에… 제가 편안히 모시겠습니다."

놈은 일이 있어 먼저 들어간다고 일궁 지배인에게 전화를 걸었다. 놈은 내 차에 익숙지 않은 듯 여기저기를 더듬거리며 시동 거는 데만 온 신경을 쓰고 있었다. 나는 핸드백 속에 깊숙이 넣어 둔 고전압 전기 충격기를 조용히 꺼내 들었다. 비스듬히 누운 뒷좌석에서 곧추앉으며, 놈의 목에 그것으로 푹 찌르듯 잽싸게 들이댔다. 단 한 방에 놈이 개구리처럼 쭉 뻗어 버렸다. 핸들 위로 엎어져 사지를 부들부들 떠는 놈의 목에다 충격기가 완전히 방전될 때까지 몇 번이고 들이댔다. 놈의 살타는 냄새가 구수했다. 룸미러에 하얀 이를 드러내 놓고 시니컬하게 웃는 내 모습이 비쳤다. 등줄기에 소름이 돋았다.

*****

멧돼지가 필요했다. 기다리던 폭설이 내렸다. 올가미 덫을 놓았다. 배고픈 멧돼지가 인가로 내려와 먹이를 찾다가 내가 쳐놓은 덫에 걸려들었다. 나는 멧돼지를 카인이라 이름 지었다. 카인을 큰 통 속에 집어넣었다. 통 입구를 단단히 막았다. 카인은 350kg이 넘는 거대한 수컷 야수였다. 엄니가 앞으로 뾰족하게 튀어나온, 사납기 한이 없는 놈이었다. 놈을 일주일 동안 굶겼다. 몽둥이로 통을 시시때때로 두들겨대고, 으르렁거리는 사냥개 소리로 카인의 신경을 자극했다. 카인이 엄니로 통을 들이받으며 항거했다. 통 여러 곳에 엄니 자국이 났다. 멧돼지는 동족까지도 먹어치우는 잔인한 짐승이라는 것을 알고 있는 나였다.

사내는 암퇘지 곁에서 한시도 떨어지지 않았다. 이제는 아끼는 제 물까지 나누어 주는 세심한 배려까지 한다. 암퇘지 배를 베고 거만한 자세로 잠이 들었다.

초승달이 떴다. 이제 더 이상 미룰 이유가 없었다. 음산한 바람이 사방에서 불었다. 수면제를 넣은 물을 마신 사내놈이 곯아떨어졌다. 나는 컨테이너 박스 안으로 들어가 이브를 몰아내고, 일주일이나 굶긴 카인을 들여보냈다.

동물적 감각을 지닌 놈이 수선한 기미를 느끼자마자, 눈을 떴지만, 멀뚱거렸다. 그러나, 사태의 심각성을 알아차리는 데는 오랜 시간이 걸리지 않았다. 겁에 질린 놈이 몸을 웅크려 방어 자세를 취하는 사이에 나는 조용히 그곳을 빠져나와 누전차단기를 내렸다. 암흑을 카인과 그에게 주었다.

열흘이 지났다. 거리는 크리스마스 열풍으로 어지럽게

흥청거렸다. 나는 도시의 번잡을 떨어내고 비수구니로 되돌아갔다. 컨테이너 속 LED 전등을 켰다. 컨테이너 구석구석을 샅샅이 살펴보았다. 사내놈이 사라졌다. 살 한 점, 피 한 방울 찾아볼 수 없었다. 한쪽 구석에 카인이 웅크린 채 눈에 불을 켜고 있었다.

밤이 깊었다. 컨테이너 문을 활짝 열어 주었다. 카인이 쏜살같이 튀어나와 순식간에 눈 덮인 해산을 넘어갔다. 나는 컨테이너에 휘발유 두 통을 들어부었다. 불이 타올랐다. 치솟는 불꽃 위로 아스모데우스 웃음소리가 해산령을 뒤흔들었다.

불타고 싶다. 천천히 화염 속으로 들어섰다. 검은 개가 긴 송곳니를 드러내며 앞을 막아섰다. 그것이 내 목을 물고 늘어졌다. 옷이 타오르고, 온몸이 뜨겁게 달아올랐다. 나를 가로막고 있던 해산이 굉음을 내며 반으로 갈라졌다. 하늘이 활짝 열렸다. 아스모데우스가 검은 점으로 보였다. 나는 안드로메다 성운까지 날아갔다. 빛나는 신성, 긴 생머리 수연이가 고개를 뒤로 젖히며 눈썹이 짙은 사내와 천진스럽게 웃고 있다.

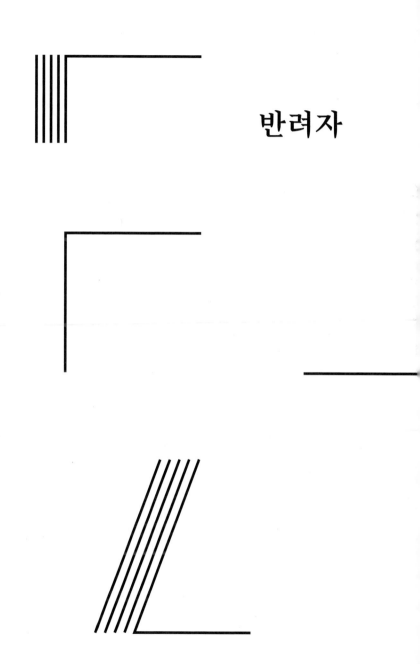

반려자

반려자

★

남산 송신탑에서 흘러내린 붉은 물감이 D대학 교정을 넘어, 장충동 가로수길까지 번진다. 장충공원으로 들어선 붉은 기운이 노란 은행잎 앞에 머물자 흰 구름 한 점 떠 있는 가을하늘은 어제보다 두어 길 높아만 간다. 가을 초입에 불어 닥친 태풍 끄트머리와 마주섰다가 요절한 버짐나무 낙엽이 어미 잃은 강아지들같이 찬바람을 피해 이리저리 구석진 곳으로 휩쓸린다. 청 단풍이 일으킨 심술궂은 밤바람 앞에서 여명까지 버둥대던 적 단풍이 떠오르는 태양을 반갑게 맞는다.

"화림군! 자네 활약으로 A화장품 주식회사에서 발주한 '스킨케어 솔루션' 프로젝트 성과가 타 대학보다 월등히

좋았어. '메이크업 화장품이 여성피부노화에 미치는 영향에 대한 연구'에서 수면시간, 나이, 섭취하는 음식 등 상관관계를 요즘 같이 개인정보 과보호 시대에 얻어 내기란 참으로 어려운 일이지. 자네 같은 섬세한 제자가 가까이 있다는 게 내겐 행운이네!"

남성만 교수가 연구실에서 서화림을 가볍게 끌어안고 어깨를 토닥인다.

"더구나, '기초화장품이 함유하고 있는 지방과 수분의 농도가 여성의 연령대별 피부에 미치는 영향'이라는 소제목이야말로 중년 여성의 구매의욕을 끌어내기에 탁월한 문구였네."

"감사합니다. 제가 수집한 일차원적 데이터를 교수님께서 빅 데이터화하신 결과물입니다. 교수님! 사모합니다. 내학원 신입생환영회 자리에서 부드러운 악수와 노래방에서 짧은 포옹이 억누르고 살았던 나의 본성을 깨웠습니다."

남성만 교수가 부드럽게 입술을 갖다 댔다. 서화림이 가늘게 몸을 떨자 남성만 교수가 연구실 출입문을 잠근다. 서화림의 가녀린 몸이 남성만 교수 품을 파고 든다.

복도 끝에서 시작한 가벼운 하이힐 소리가 점점 급하

게 다가온다. 연구실 유리창을 가을바람이 심하게 흔들었다.

★★

서화림이 타고난 성 속에 다른 성이 존재하고 있다는 사실을 알게 된 것은 중학교 이학년이 되던 해인 열다섯 살 무렵이었다. 다른 아이들과 달리, 또래의 여학생보다 남자아이가 더 멋져 보이는 서화림. 축구부 주장을 맡고 있는 같은 반 아이에게 '좋아한다'고 말하자, 경멸에 찬 눈빛과 '더럽다'는 말이 되돌아 왔을 때, 서화림은 말 못할 큰 충격에 빠지게 되었다. 한 몸에 존재하는 두 성에 대한 정체성으로 사춘기를 늪에서 허우적댔지만, 두려움을 물리치기 위해 서화림은 공부에 몰두했다.

★★★

"여보, 우리 유나가 고등학교 교복 입은 모습이 참 예쁘지요?"

"그렇군, 이제 시집보내도 되겠는걸."

"아빠, 정말이야? 나, 화림오빠에게 시집보내 주라!"

"그 앤 안 된다."

"왜? 아빠."

"남자다운 패기가 없어, 선이 고운 여성 같더구나!"

남성만 교수는 한마디로 딱 잘라 말했다. 듣고 있던 승희가 민망한 듯 말을 거들었다.

"여보, 애를 데리고 무슨 말을 하시는 거예요?"

"어허, 농담이야."

이때를 놓치지 않고 승희가 은근히 말꼬리를 잡고 늘어졌다.

"하지만, 그 서화림이란 학생이 당신을 무척 따르던데요?"

"그렇게 보였나? 서화림은 절대 안 된다!"

남성남 교수는 승희에게 언성을 높이며, 딱 잘라 말했다.

"아빠 정말 이상하시네! 화까지 내시면서."

"여보, 당신 정말 이상해요! 얼굴도 붉어졌잖아요?"

남성남 교수는 습관적으로 담배를 입에 물었다.

유나가 거침없이 말을 내뱉었다.

"아빠! 화림 오빠가 요새 들어 전화를 잘 안 받아요.

문자도 씁구요."

"글쎄다. 아마 친구들과 노느라고 그러겠지."

"혹시 아빠가 나 몰래 어디로 빼돌린 건 아니겠지요?"

"그게 무슨 소리니?"

"아빠는 나보다도, 내 남자 친구인 화림 오빠에게 관심
이 더 많으시잖아요!"

****

승희는 D대학교 한국무용학과 졸업반이었다. 대학로
'예술가의 무대'에서 졸업공연을 마친 그녀는 단원들 간
일정이 맞지 않아 뒤풀이를 미루고, 장충동에 있는 학교
연습실로 돌아가는 길이었다. 낙엽이 지는 공원 뒤로 붉
은 기운이 가득했다.

승희가 서쪽 하늘을 불태우는 노을을 안고 비탈길로
들어섰다. 저녁을 먹고 연구실로 돌아가는 남성만 교수와
딱 마주쳤다. 의상과 장구를 힘겹게 들고 가는 그녀에게,
그는 웃음 띤 얼굴로 눈인사를 하며 말을 걸었다.

"건장한 마당쇠들은 다 어디에 두시고, 한국무용 명인
께서 손수 장구를 나르시나…."

남성만 교수는 힘겨워하는 승희의 장구를 들어주었다. 사십을 막 넘어선 그에게서 중후한 남자의 매력이 물씬 풍겨왔다.

"아닙니다, 교수님! 요새 남아도는 게 힘뿐인 걸요."

승희는 약간 상기된 얼굴로 남성만 교수에게 농담을 섞어 스스럼없이 답했다.

승희는 S과학기술고등학교를 졸업하고 H증권회사 명동지점에서 삼 년 동안 일했다. 무섭게 불어 닥친 IMF 여파로 증권업계에도 감원 바람이 불자, 그녀는 권고사직보다 명예퇴직을 택했다.

그녀는 어려서부터 장구 소리, 북소리가 좋았다. 늦은 나이지만 고전 무용을 배워보기로 마음먹었다. 승희는 망설임 없이 박 모 한국무용 명인이 개설한 사설학원에 등록했다. 타고난 춤꾼인 그녀는 한국무용에 입문한 지 육 개월 만에 학원 원장인 박 명인의 눈에 들어 무대에 같이 서는 기회를 잡았다.

'한국 춤 예술위원회'에서 발행하는 계간 잡지 춤에 승희 사진이 실렸다. 그녀가 촉망받는 기대주로 급부상하게 되었지만, 기자로부터 어느 대학 출신이냐는 질문에 답하

고 난 후, 시큰둥한 그들 표정이 그녀를 스물다섯 살이라
는 적지 않은 나이에 D대학 예술대학 무용과에 입학하게
했다.

사회경험이 있는 그녀가 무용과에 들어오자 고등학교
를 막 졸업하고 입학한 새내기들은 그녀를 언니라고 부
르며 따랐다. 더욱이 그녀가 과대표를 맡으면서 교수와
학생 사이의 가교역할을 충실히 해내자 교수로부터 주목
을 받게 되었다.

남성만 교수는 D대학에서 예술학개론을 강의하는 멋
진 독신남으로 소문이 나 있었다. 그는 학생들에게 밥
을 잘사는 교수로도 인기가 높았다. 승희도 몇 번 얻어
먹었다.

"졸업공연을 하고 나면 홀가분하면서도 쓸쓸할 텐
데…."

남성만 교수가 승희 눈치를 살피며 말했다.

"어떻게 아셨어요, 교수님? 지금 딱 제 기분이 그렇거
든요."

승희가 명쾌하게 대답하자

"응, 나도 그랬었거든."

남성만 교수가 허세 없이 말했다.

"그럼 교수님이 이 쓸쓸한 제자를 위하여 술 한 잔 쏘시겠어요?"

그녀가 당당하게 남성만 교수의 말을 되받았다.

"그러지 뭐, 이따 아홉 시쯤 정문 앞 이브라는 카페서 봐요."

남성만 교수는 아홉 시가 되자 정확히 카페 문을 열고 들어섰다. 소문대로 매너가 좋았다. 그는 이 층 창가에 자리 잡은 승희 앞으로 천천히 다가오면서 살갑게 말했다.

"일찍 왔나 보네. 미안!"

승희는 몸을 약간 일으키는 체하며 남성만 교수를 맞이했다. 둘은 연인처럼 다정스러워 보였다. 남성남 교수가 메뉴를 살펴보며 말했다.

"졸업 기념 공연을 성공적으로 하신 특별한 날은 밸런타인 15년산은 쏴야 할 듯, 하하."

그녀는 손으로 가볍게 박수치는 시늉을 하며, 소리는 입으로 냈다.

"와, 짝짝짝! 교수님! 오늘은 제가 블루한데, 마카란 1939로 하시면 안 될까요?"

"와우, 그 말로만 듯던 마카란 1939. 천만 원이 넘을 걸. 여기 있기나 할까? 하하."

남성만 교수는 손끝으로 밸런타인 십오 년산을 가리키며 승희 의향을 되물었다.

으르렁거리는 숫돌이 앙탈에 승희가 화들짝 놀라 눈을 떴다. 이미 침실 안으로 화사한 햇살이 가득 차 있었다. 창 쪽으로 누운 남성만 교수가 뒤척이더니 숫돌이 소리임을 인식하고 다시 잠에 빠져들었다. 필름이 끊길 정도로 마셔댔지만 눈을 뜬 승희는 개운했다. 이런 느낌은 처음이었다.

어젯밤에 술 취한 승희가 남성만 교수 등에 업혀 들어오자 그녀 발을 물어뜯을 기세로 펄쩍펄쩍 뛰어오르며 사납게 짖던 숫돌이었다. 남성만 교수가 4년 동안이나 길러온 포메라리온 수컷이다. 그의 말로는 중성 수술을 시킨 후부터 남성만 교수에 대한 집착이 강해졌단다. 남성만 교수가 소파에 앉자양말을 입으로 교묘하게 벗겨 내고, 둘이 침대에 눕자마자, 둘 사이를 비집고 들어온 숫돌이가 남성만 교수 얼굴에 이빨을 드러내며 표독스럽게 으르렁댔었다.

승희는 알몸으로 있는 자신이 쑥스러웠다. 방바닥부터 열려있는 옷장까지 살펴보았으나 옷이 보이지 않았다. 승희를 빤히 쳐다보던 숫돌이가 구석진 곳으로 몸을 숨긴다. 승희는 혹시나 하는 마음으로 숫돌이에게 눈을 돌렸다. 옷을 물어뜯고 있는 숫돌이, 기가 막힌 승희가 헛웃음을 치며 옷을 잡아당기자 숫돌이는 날카로운 송곳니를 드러내며 더욱 앙칼지게 물고 늘어졌다. 승희와 숫돌이의 옥신각신하는 하는 소리에 잠이 깬 남성만 교수가 낄낄거렸다. 알몸으로 숫돌이와의 대결에서 밀린 승희는 쥐구멍이라도 들어가고 싶은 심정이었다.

남성만 교수가 심각한 표정으로 승희에게 다가왔다. 그는 망설이다가 어렵게 입을 열었다.

"요즘 세상에…."

"…."

"서른이 다되도록 첫 경험이라는 사실에 너무 놀랐어."

승희는 그 말이 떳떳하다고 느끼기보다는, 석녀같이 살아온 자신이 어딘가 부족하다는 인식이 들까봐 창피한 생각이 앞섰다.

"부담스럽기도 하고, 미안하기도 하고…."

남성만 교수가 말을 흐렸다.

"아닙니다, 교수님! 별 의미 없어요."

승희가 딱 잘라 말했다.

승희는 연말 연초 행사장에 초대받아 다니며 나름대로
의 춤의 세계로 빠져들었다. 한 달에 한 번쯤 남성만 교
수가 생각났지만, 그를 사랑한다는 생각은 들지 않았다.
매스컴에서 야단법석 치는 종각 타종행사와 함께 다가온
2000년. 새해를 맞고도 달포가 훌쩍 지나갔다. 설날 행
사를 마친 승희는 모처럼 만에 일찍 잠을 청했지만 깊은
잠이 들지 않았다. 생뚱맞게도 하얀 송곳니를 드러낸 숫
돌이에게 밤새껏 쫓겨 다니는 꿈을 꾸다가 새벽을 맞았
다. 이른 아침부터 옆집에서 끓이는 된장찌개 냄새가 승
희 속을 뒤집어 놓더니 헛구역질이 올라왔다.

"축하드립니다. 삼 개월이 조금 넘었습니다. 첫 아이시
지요?"

"…."

"임산부 수첩에 쓰여 있는 일정대로 꼭 정기 검진을 받
으셔야 합니다."

오십이 넘어 보이는 인자한 모습의 여 의사가 손을 씻으며 승희에게 말했다. 그녀는 쇠망치로 머리를 얻어맞은 듯 하얗게 맨붕이 왔다. 남성만 교수에게 연락하기도 안 하기도 난처한 마음을 정리할 수가 없었다.

그에 대한 좋은 감정뿐이었다. 그런 사람에게 임신 사실을 밝히는 것이 승희는 자존심이 상했다. 혼자서 길러 볼 생각도 했지만 어려운 일이었다. 그러나 아이에게만은 깊은 애정이 갔다. 불안한 하루가 길어갔다.

"여보세요."

"안녕하세요? 남 교수님! 저 승희입니다."

"승희…? 누구신지 잘 모르겠습니다. 혹시 전화 잘 못 거신 거 아닌가요?"

"무용과 나이 많은 학생 승희라고요!"

그녀는 따지듯 답했다.

"아, 오랜만입니다. 웬일로 명인께서 전화를 다 주시고…."

"개인적인 일로 잠시 뵙고 싶습니다."

"예, 지난번 만난 곳이 카페 이브이었던가요?"

"예!"

"그럼 그곳에서 여섯 시에 뵙겠습니다!"

승희는 천천히 걸어 지하철을 탔다. 오후 시간이지만 만원이었다. 흔들거리는 지하철은 그녀를 더 피곤하게 했다. D대학교 입구에서 내린 승희는 계단을 힘겹게 올라 카페에 들어섰다. 약속 시간보다 한 시간이나 일찍 도착한 카페 안은 어둑하지만 안정된 분위기였다. 모 가수 노랫소리 '너를 보내고'라는 곡이 나직하게 흘러나왔다. 눈을 감고 의자에 깊숙이 들어앉은 승희는 이런저런 떠도는 생각 속에 잠겼다.

아무리 만취 상태였다지만, 그는 분명히 이상한 구석이 있었다. 언제였던가, 호기심으로 친구와 보았던 영화처럼, 혹시 성소수자 이거나 양성애자인가? 하는 생각이 승희 머릿속을 스치고 지나갔다. 그녀는 모처럼만에 남이 부르는 노랫소리에 젖어, 깜박 잠이 들었다.

"승희씨! 피곤하셨나 봐요?"

"아, 아닙니다. 어젯밤에 잠을 설쳐서요."

"승희씨를 잠 못 이루게 만든 사람이 누굴까? 부럽습니다!"

"진짜로요? 남 교수님 같은데요? 이를 어쩌지요?"

"저야 영광입니다. 승희씨!"

스스럼없는 농담이 오갔다.

"오늘은 명창께서 저를 찾아 주신 특별한 날이니만치 스카치위스키로 한잔 할까요?

"좋아요, 교수님!"

"질투의 화신 숫돌이는 잘 있나요?"

"네, 그놈이 요샌 양말뿐만 아니라 넥타이를 물어다 줍니다. 하하."

"아주 충실한 하인을 두셨군요."

"아, 그놈은 하인이 아니고 반려자입니다. 하하."

"반려자로, 하하하, 교수님! 저는 어떨까요? 반려자로?"

"예에?"

예상지 못한 그녀의 물음에 남성만 교수는 그녀의 말을 한동안 머릿속에서 되뇌이고 있었다. 위스키 한 병이 다 비워질 무렵 승희는 눈꺼풀이 풀리고 말소리가 어눌해졌다.

"교수님! 오늘 재워 주실래요?"

승희는 취기가 올라오자 용기가 생겼다. 넌지시 남성만 교수에게 유혹 아닌 유혹을 해보았다.

"저야 대 환영이지만, 질투의 화신 우리 숫돌이가…"

"교수님, 너무해요."

"숫돌이와 저를 경쟁자로 몰아가시면 저는 슬프지요!"

승희가 비틀거리며 걸어 나가자 남성만 교수가 빠른 걸음으로 따라 나갔다.

아침이 밝았다. 남성만 교수는 승희 보다 먼저 일어나 곤히 잠든 그녀 모습을 지켜보았다. 당돌한 면은 있지만 오늘따라 지치고 연약한 여인으로 보였다. 그가 커피 메이커에 콜롬비아산 원두커피를 갈아 넣고 스위치를 올렸다. 햇살 가득한 원룸 안으로 커피 향이 내려앉았다.

승희가 일어나 기지개를 켜며 남성만 교수에게 안겨왔다. 그가 커피를 내밀자 그녀가 활짝 웃었다.

"어제 말한 반려자 말인데… 승희씨가 그냥 한 말은 아닌 것 같아!"

남성만 교수가 어렵게 말문을 열었다. 그녀는 아무 말 없이 커피만 마셨다.

"혹시….'

"미안해요! 저, 생각 없이 임신했어요! 교수님과 상의하려 했으나 자존심이 상해서 쉽게 말을 꺼내지 못했어요."

남성만 교수는 농담처럼 말을 받았다.

"나는 숫돌이를 반려자로 삼고 살려 했으나 점점 잔소리가 심해져서 아무래도 당신이 더 날 것 같다는 생각은 했었지만, 승희 씨에게 같이 살자는 말을 못 꺼냈어요."

*****

"아빠가 화림 오빠를 태국으로 은밀하게 출국시킨 거다 알고 있어요."

"누가 그러든?"

"엄마가 서재에 딸린 방 청소하다가 아빠와 화림 오빠 통화를 우연히 엿듣게 되었대요."

당황한 남성만 교수는 애써 태연한 척했으나, 들고 있던 담배를 거꾸로 물었다. 은장 듀폰 라이터로 불을 붙였다. 필터에 붙은 불이 높게 타오르자 신경질적으로 재떨이에 비벼 껐다. 역한 냄새를 풍겼다. 다시 꺼낸 담배에 천천히 불을 붙인다.

남성만 교수는 딸의 항의성 발언을 아버지라는 권위로 눌러보려 했으나, 딸과 눈 마주침이 부담스러운 남성만 교수는 조간신문을 뒤적이는 체하고 말았다. 폐부 깊숙하게 들여 마신 연기를 길게 내뿜자 연기가 큰 창을 넘어든 석양빛과 어우러져 노 교수의 희끗희끗한 머릿속으로 스며들었다. '파르르' 그의 손가락이 떨렸다.

남성만 교수가 뿜어낸 담배 연기와 맞선 유나의 신경질적인 손부채질이 둘 간의 묵시적 공방 상태를 표출하고 있었다.

"내가 화림 오빠를 좋아하는 것과 아빠가 좋아하는 것은 근본적으로 차이가 있다는 것을 아빠 자신이 더 잘 아시잖아요?"

이미 다 알고 있는 내용을 확인이라도 하는 듯한, 원망스러운 유나의 눈빛이 남성만 교수를 나락으로 떨어지게 한다.

"아빠! 이 일이 옳고 그름의 문제라기보다는 앞으로 닥쳐올 사회의 따가운 시선을 우리 가족이 견딜 수 있다고 생각하세요?"

"중간고사가 며칠 남지 않아 학과공부에만 신경을 써도 모자란 네가 아비에게 못하는 말이 없구나…."

남성만 교수는 추락하는 이 순간을 모면해보려 아버지라는 권위를 또 한 번 내세웠지만 현실에 대한 자괴감이 말끝을 흐리게 했다.

"그럼 엄마와는 어떻게 하실 건데요?"

"그건 엄마와 나의 문제이지 너와는 별개의 문제인 것 같구나!"

"엄마와 이혼이라도 하시겠다는 건가요?"

유나가 울음 섞인 목소리로 되물었다.

"이건 순전히 아빠의 별난 성적 취향 때문에 벌어진 일이잖아요! 두꺼운 가면을 벗어 던지고 탤런트 H처럼 커밍아웃하시지 그래요!"

남성만 교수는 담배 연기를 꿀꺽 삼키고 말았다.

"표트르 차이콥스키 같은 유명한 인물도 성 소수자로 밝혀져 있어요. 아빠는 그런 유명한 존재도 아니면서 자신만의 안일을 위해 엄마와 나를 비참하게 만들고 있잖아요."

'미안하다. 유나야! 아빠는 너와 엄마를 누구보다도 사랑하지만, 나로서도 어쩔 수가 없구나. 단순히 마음만 고쳐먹는다고 바뀌는 것이라면…'

그는 서재 창문에 힘없이 몸을 기대며 바람에 쓸려가는 낙엽을 바라본다.

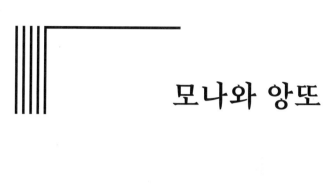

모나와 앙또

모나와 앙또

★

"앙또야!"

"야옹!"

달터공원, 팔각정 깊숙한 곳에서 길고양이가 모습을 드러냈다. 에메랄드 같은 눈, 네 발과 꼬리가 몸통과 확연하게 다른 배색으로 샴 고양이라는 것을 나는 알 수 있었다.

동남아를 주 무대로 여행기를 쓰는 Y작가님이 쓴 글에, 옛 태국 시암제국 왕비가 살인적인 더위를 피해 하루 서너 번씩 욕조를 들랑거릴 때 열 손가락에 끼었던 루비, 사파이어, 다이아몬드 같은 보석 반지를 샴 고양이 도톰한 꼬리에 끼워 두었다는 이야기만으로 시녀보다 고양이를 더 신뢰했다는 작가의 추론에 썩 공감이 가지는 않았지만, 꼬리를 추켜세운 녀석이 여왕의 우아한 발걸음을 흉내 내듯 한발 한발 운동복 차림의 여인에게 다가가는 모습이 범상치 않아보였다.

낡은 삼베 같은 살갗 밑으로 푸른빛 도는 정맥이 지렁이처럼 엉켜있는 종아리에 옆구리를 슬쩍 부빈 길고양이를 아기 부르듯 "앙또야"라고 여인이 어르자 답하듯 '야옹'거리며 땅에 누워 배를 드러낸다. 뼈가 살갗을 뚫고 나올 것 같은 이 여인이 열 손가락으로 녀석의 배를 '조물조물' 장난스럽게 간질이자 앞발로 하이파이브를 하려는 듯 장단을 맞춘다. 등에 멘 거북 모양 작은 배낭에서 사료용 통조림과 물휴지를 꺼내 녀석의 입부터 우술뿌리가 붙어있는 귀속까지 부드럽게 닦아준다. 고양이에게 축복처럼 내려지는 이 여인의 섬세한 손길이 부러운 나는 통조림을 따는 그녀에게 의도적으로 다가섰다.

"새끼를 낳았나, 젖이 많이 불었네."

혼잣말처럼 말을 붙였다.

"예, 네 마리 낳았다는데, 앙또가 젖을 물리지 않아 모두 굶겨 죽였대요."

그녀가 힘겨운지 낯을 찡그리며 입을 조그맣게 열어 답했다.

"어미가 새끼를 굶겨 죽여요?"

황당한 나의 반문에 못마땅한 그녀가 짜내는 듯한 목소리로 길고양이를 옹호하고 나섰다.

"첫 발정이 오자 성급한 주인이 동물병원에 보내 궁둥이를 붙잡고 수컷과 억지 교미를 시켰나 봐요. 그 후부터 제 몸에 닿는 모든 것에 발톱을 들어내 공격하는 고양이를 돌배기 아이를 기르는 묘주(猫主)가 감당할 수 없어 내다 버렸다는 말을 들었어요."

"참 나 그것도…"

해장술 냄새 '풍풍' 피는 입으로 중얼거리듯 내뱉은 이 말에

"애완동물은 주인 맘대로 억지 교배시켜도 된다는 말인가요? 더군다나 요즘 마구잡이로 행해지는 중성화 수술까지, 조화롭게 살라는 조물주의 섭리를 무시한 인간의 처사가 가증스럽다 아닙니까?"

여인이 발끈하며 내뱉는 독설이 기관총탄처럼 고막을 뚫고 들어와 뇌에 박히는 듯 했다. 멍하니 서 있는 얼빠진 나를 그녀가 '그렇고 그런 놈'이라고 단정해 버릴 것 같은 이 상황을, 신춘문예 당선자에게 찍어내듯 만들어 준 구겨진 명함 한 장으로, 피해 갈 수 있을 줄을 꿈에도

몰랐다.

천둥과 번개를 동반한 봄비가 장맛비처럼 내리는, 일주일째 도서관에 처박혀있는 날이었다. 이런 날은 공복감이 심하게 찾아든다. 초를 다투듯이 '밥 달라!' 외치는 나를 어머니는 '엄마 잃은 외사촌 동생에게 젖 도둑을 맞아 허기를 참지 못한다.'고 언짢아했다.

도서관 건물 지하 일 층 구내식당에 들어섰다. 주머니가 빈약한 나 같은 이들이 찾아드는 이곳에서 어디서 본 듯한 여인이 빨간 별이 없는 인민군 모자를 푹 눌러쓴 모자 창 밑으로 눈인사를 건넨다. 나는 멍하니 그 여인을 바라봤다. 눈을 내리깐 자존심이 상한 여인이

"달터공원에 있는 팔각정에서 앙또 밥 주는 내게, 그쪽에서 먼저 말을 걸었잖아요!"

송곳으로 꼭꼭 찌르듯 말마디마다 힘을 줘 여인이 말했다.

"아, 미안합니다. 제가 안면인식증후군이 있어… 한두 번 뵙고는 아는 분인지 처음 뵙는 분인지 도통 분간을 못합니다."

나는 정중하게 말했으나 그녀가 피식 웃으며 말을

받았다.

"세상에 그런 병도 있나요? 그럼 내 이름까지 말해 드려야 확실하게 기억하시겠네요. 옥도전입니다."

그녀가 특이한 이름을 당돌하게 말했다. 나는 그 이름을 두세 번 되뇌이며 뇌 속에 가두려 노력하고 있는 동안 전문적인 의학용어를 섞어 그녀가 간호사처럼 말을 이었다.

"증후군이란 의사들이 난처할 때 붙이는 접미사 같은 것으로 알고 있어요."

"아, 그럴 수도 있겠네요."

뜨뜻미지근하게 내가 답했다.

"작가님! '배곯는 자에게 밥 퍼 주는 사람은 큰 죄를 지어도 극락에 간다.'는 아함경 말씀처럼, 굶주린 작가님 배를 채워드리는 측은지심으로 극락행을 예약합니다."

천국의 문이 선택된 그녀 앞에서만 열릴 듯 자신감 넘치게 말했으나 그 말이 내 귀에 닿기 전에 눈물 한 방울이 속눈썹 끝에 맺히는 것을 나는 볼 수 있었다.

"아, 그런가요? 저렴한 비용으로 천당 가시는 면죄부를 받으셨는데 점심 한 끼로 되겠습니까? 하하."

나는 과장되게 웃으며 그녀 뒤에 바짝 붙어 섰다. '엉터리'라고 말하는 그녀가 스스럼없이 한 방 먹이듯이 나를 향해 조그만 주먹을 날리는 모습을 취했다. 나는 단역 배우처럼 나가떨어지는 시늉을 했다.

"길고양이 이름이 왜 앙또 인가요?"

식권을 사고 있는 그녀에게 물었다.

"앙칼진 것이 앙증맞다고 앙 더블이라고, 자주 부르다 보니 앙또가 되었어요."

그녀가 입에 힘을 모아 옹종거리며 말했다.

"모나리자 같은 분이 앙또를 돌보시네요."

나는 눈에 보이는 대로 말하는 실수를 저질렀다.

"모나리자라… 흉보시는 건가요? 하긴 제 주치의께서도 모나리자라고 불러주셨어요. 어쩌면 그 애칭이 제게 위안을 주는 것 같기도 해요. 혼자 살다 보니 아점으로 이곳을 애용한답니다."

젓가락으로 밥알을 세는 것 같이 먹는 그녀가 기분이 좋아졌는지, 내게 쉬지 않고 떠벌였다. 나는 그녀를 몸이 약한 수다쟁이 정도로 가볍게 생각했다. 네댓 가지인 뷔페식 반찬이었지만 나의 밥숟갈은 점점 커지고 있었다.

"저는 항암치료 중에 있답니다."

나는 그녀의 말에 답할 적당한 단어가 떠오르지 않아

잠시 머뭇거리다가

"항암치료…."

썰렁하게 그녀의 말을 되받아 하고 말았다. 푸석해 보이는 피부와 달리 눈매가 선한 계란형 얼굴에 눈썹이 보이지 않을 정도로 옅었다. 나는 분위기 반전을 기대하며 떨 던 주책을 계속 이어나갔다.

"미인이십니다. 루브르궁에서 가출한 모나리자인 줄 알았습니다. 이제부터 옥도전씨를 모나라 부르겠습니다."

바싹 마르고 얼굴에 누렇게 황달기가 올라붙은 이 여인에게 미인이라는 말까지 해대자 그녀가 재치 있게 받아 넘겼다.

"25호 파운데이션을 덕지덕지 페인트 한 탓입니다."

그녀가 나를 흘겨보며 말했지만, 순한 눈매는 미소를 머금고 있었다.

"저는 고흐 같은 작가입니다."

얼결에 내뱉은 이 말 한마디로 나의 자존감은 땅속 깊은 곳으로 추락하고 있었다.

"그런가요? 아무리 가난한 작가라도 어쩔 수 없어요. 맛있는 점심을 사드렸으니, 작가 선생님은 노벨상을 가불하시든 어쩌든, 노을이 울어 수평선이 빨갛게 멍든 바닷가 카페에서 루엑(luwak) 커피를 쏘셔야 합니다. 이것은 나 같은 숙녀에게 무조건 해야 하는 남자들의 의무사항입니다!"

나는 그녀를 조수석에 앉히고 차를 몰았다.

'옆선이 고운 이 여인이 암이라 칭하는 바이러스의 중간숙주가 되었다니⋯.'

"대부도 가는 길 위에 있다는, 티 라이트 휴게소에서 바닷바람을 맞고 싶어요. 그곳에 커피도 있겠지요? 바람이 시작하는 그곳에서 낯선 남자와 한 잔의 뜨거운 커피라⋯ 통속적인 사건 속으로 들어가고 싶은 내 마음일까요? 작가 선생님."

티 라이트 휴게소에 도착한 나는 푸드 트럭에서 따뜻한 원두커피 두 잔을 주문했다. 파도 소리만으로 쓸려나갈 듯 야윈 그녀가 불어오는 바람을 향해 두 팔을 벌리고 서 있다. 마치 껍질뿐인 그녀가 바스러져 바닷바람 타고 피안의 세계로 흔적 없이 날아갈 것 같아 불안했다.

해무 속에 신비하게 싸여있는 송도 신도시를 초점 잃은 눈으로 넘겨다보고 있는 그녀를 오월의 바닷바람이 격랑 속에 조각배처럼 흔들어 댄다. 바람에 날린 모자가 날개 부러진 새처럼 타원 궤적을 그리며 바닷물에 추락한다. 소나기 맞은 거미줄마냥 듬성듬성 남은 머리카락이 드러났다. 난감한 그녀가 두 손으로 머리를 감싸며 한마디 던진다.

"제 애칭을 모나에서 율 브린너로 바꾸셔도 좋아요."

모나는 등 굽은 나목이 겨울바람에 맞서듯 한동안 그렇게 서 있었다.

그녀를 차에 태웠다. 눈을 감고 의자 깊숙이 몸을 기댄 그녀가 떨리는 음성으로 조그맣게 말했다.

"추워요. 따뜻한 곳에서 잠시 쉬었으면 해요."

해변에 붙어있는 H호텔로 차를 몰았다. 파도가 일렁일 때마다 바닷물이 방안으로 출렁거리며 몰려들었다.

용천수같이 김이 올라오는 욕조 속에서 갈매기 우는 소리가 들렸다. 겸연쩍어하는 그녀를 입은 옷 그대로 욕실에 밀어 넣었다.

서쪽 끝까지 달려간 검붉은 태양이 하늘과 맞닿은 수평선 아래로 풍덩 뛰어들자 바닷물이 부글부글 끓어올랐다. 열어 놓은 큰 창에 매달린 빨강 커튼이 바람에 펄럭이자 방안으로 밀려든 마지막 노을이 주단(朱丹)을 펼쳐 놓았다.

　　　　★★

　물 위로 실로폰을 걸쳐놓은 듯한 징검다리 여덟 개를 건넌다. 인간의 바람대로 '헤벌쭉' 요염한 제 몸을 드러내 암내나 풍기는 것이 전부인 장미와 달리 정강이까지 차오른 양재천 누런 물속에서, 온갖 것들이 쏟아낸 오염물질을 걸러내느라 사투를 벌이고 있는 물풀들이 비탈밭 매는 휘어진 어머니 허리같이 딱하다. 유월 강을 타고 흐르는 바람 힘을 빌려 그들이 고된 허리를 편다.

　도톰한 입술로 뻐끔거리는 숨 가쁜 잉어의 아가미를 쓰다듬는 정화되고픈 냇물이 날 선 콘크리트 계단 앞에 이르러, 김유신이 불러들인 당나라 소정방 군사에 쫓겨 낙화암에 몰린 궁녀들처럼 머뭇거림 없이 몸을 던진다. 하얗게 떠오른 물거품을 타고 외침저럼 늘려오는 물소리. 조요(照耀)한 양재천이 떠들썩하다.

　검은 비닐봉지를 가득 채운 소주 다섯 병이 이끄는 데로, 페로몬 향에 끌려가는 일개미와 다를 바 없는 나는, 억새 숲이 잘려나간 천변을 지나 영동1교 으슥한 두 번째 교각 아래로 스며들었다.

　어금니로 익숙하게 소주병 뚜껑을 깠다. 새우깡 봉지

가 헐렁해갈수록 빈 소주병이 늘어났다. 가로등 아래서부터 어둠을 밀어내기 시작한 빛이, 언덕배기까지 올라가 검은 세력과 평형을 이룬다. 허허한 하늘에 별 같은 인공위성, 인공위성 같은 별이 '반짝' 자리 잡는다.

제3의 반동 세력같이 나타난 자동차 전조등이 영동1교 건너편 세 번째 교각을 비춘다. 흥건히 젖어 있는 교각이 뜬금없이, 땀에 전 K의 모습을 불러온다. 교각 밑에서 둥실 떠오른 K가 고속버스 앞 유리창에 매달린 모니터 영상처럼 깨졌다가 흔들거리며 징검다리를 건너온다. 최루가스를 뒤집어쓴 그의 젤리 같은 긴 콧물이 땅바닥에 닿을 듯, 오른쪽으로 오도쯤 기운, 이십 수년 전 꼬질꼬질한 몰골 그대로다. 그가 TV 탤런트 C 씨같이 '퍼'하고 헛웃음을 친다.

새우깡 봉지를 찍어대는 비둘기 부리가 귀를 뚫고 들어와, 방어막 없는 알 뇌를 '콕콕' 찍어댔다. 혀끝이 알싸했지만, 뒷맛이 달착지근한 빨간 딱지 소주가 내리는 원죄였다. 에어(air) 돌돌이 풍선 간판같이 쪼그라든 허망한 아침. K는 옆에 없다. 반쯤 사라진, 바이러스 먹은 영상을 쫓아 지난밤의 혼돈을 더듬어본다. '좋은 징조가 아닌

것이 분명하다.'

나는 포이동 미로에 투입된 뇌를 반쯤 제거한 실험용 쥐처럼, 가다 서다 되돌아 나오기를 여러 번 반복하며 찾은, 하얀 철쭉이 만발한 방화문 앞에 섰다. '만개한 철쭉…' 언젠가 휠체어를 탄 부인과 만발한 키 작은 코스모스 앞에서 환하게 웃던 K를 기억해 내고 그의 집이라 확신했다.

녹슨 방화문을 두드렸다. 답이 없다. 점점 힘을 가해 두드렸다. 답답함에 손잡이를 잡아 돌리는 손바닥으로 전해지는 먼지의 두께가 나를 긴장케 했다. 문이 힘없이 열린다. 코를 찌르는 역한 냄새, 가슴이 철렁 내려앉는다.

장례를 치러도 좋다는 경찰의 통보를 받았다. 증거품으로 유지되었던 유서와 장례비라 써진 누 개의 흰 봉투를 건네받았다. K의 아내가 먼저 돌아올 수 없는 길을 떠나자, 또박또박 써 내린 유서대로 K 부부를 화장했다. 뼛가루마저 같이하길 원하는 K의 소원대로 두 개의 유골함을 하나로 합쳤다. 여명에 쓸려나가는 동막리 바닷물에 유골함을 띄웠다. 일몰 같은 일출이 아침 바다에 붉은빛을 던진다.

'저 사람이 있어 살아져. 무야! 너도 살아야 하는 이유 하나쯤 만들어 살아내야 해!'

K의 다그침이 들려왔다.

***

열리지 않는 조그만 창 틈새로 미풍이 스몄다. 천둥 번개가 몰고 온 소나기가 여름을 휩쓸고 지나갔다. A 교도소에서 맞은 네 번째 겨울, 함박눈 속에 나는 형집행정지로 풀려났다.

'제게는 오직 보좌 신부님뿐이에요. 그분이 가시는 길을 따르기 위해 종신서원을 하기로 하나님 앞에 굳게 맹세했어요.' 소원하던 자유를 찾은 지친 내게, 넘어야 하는 또 하나의 거대한 산이 모습을 드러냈다. 지켜내지 못한 사랑이 좌절로 이어졌다.

파피용이 몸을 던졌던 '기니' 파도 같은 겨울바다 용트림이 보고 싶었다. 밀려오는 검은 물결이 외치는 사나운 소리를 들쳐 업은 바닷바람의 냉기만이 '아직 나는 살아 있다'는 것을 증명해 줬다.

K와 나는 변변한 직업 없이 H건설회사 공사장을 들락거리는 일용직 잡역부였다. 고층 건물 구조변경 공사에 투입된 우리는 그날그날 배당된 일감에 따라 운명이 바뀌었다. 6층 외벽 마감 처리 타일 작업 중 보조역할을 하던 K가 엉성하게 엮인 비계에서 발을 헛디뎌 맨바닥으로 동료와 추락했다. 한쪽 어깨가 바스러진 K, 목이 부러진 동료가 바로 K의 아내였다.

일정계획대로 반출되는 자재를 승하차하는 일을 하게 되었으나, 자재 담당 직원의 잦은 병원 출입으로 자재반출까지 은연중 하게 되었다. 운동권 출신이라는 의혹의 눈빛에 늘 불안한 나는 사무실 정리정돈부터 가건물에 있는 임시 식당 설거지까지 회사원이 있는 곳이라면 가리지 않고 험한 일을 해내사 변선과 실시가 조금씩 누그러졌다.

건축을 전공한 나는 자재 출납은 물론이고, 일정관리(PERT/CPM), 프레젠테이션으로 기안한 브리핑 자료까지 내 손에서 만들어져 계장 과장 손을 거쳐 현장 소장으로 올라갔다. 이년 반을 현장 사무실과 찜질방을 생활 근거지로 삼아 오로지 일에만 매달린 결과 현장 소장의 배려로 자재과 정식 사원으로 특채되었다.

사랑한 여인을 신의 수하에게 빼앗긴 나는 복수심에 불타 직장 선배가 소개한 여인을 만난 지 석 달 만에 결혼식을 해치웠다. 내 나이 서른두 살이었다.

신혼여행에서 막 돌아온 나를 신혼집에서 반갑게 맞이한 것은 어머니가 아닌 처제였다. 그녀 말에 의하면 어머니는 농사일을 미룰 수 없어 내려가셨단다. 처제는 올해 고등학교를 갓 졸업한 철부지였다. 대학 생활을 동경한 그녀는 매일 대학로로 출근하다시피 했다.

대학로 연극무대에서 첫눈에 반했다는 성격배우 P와 무조건 같이 살고 싶다고 말하는 처제는 아내보다 다섯 살 아래다. 열네 평 짜리 신혼 전셋집에서 집사람의 묵인 속에 방 한 칸을 차지한 그들이 동거에 들어갔다.

평소 미국을 동경하고 외국인 외모를 숭상하는 처제가 종로 3가에 있는 S영어 회화학원을 들락거린 지 채 한 달이 안 되어 새벽에 살금살금 기어들어오는 심상치 않은 일이 벌어졌다. 산전수전 다 겪은 눈치 빠삭한 연극배우 P는 지방 공연이 있다는 구실로 집에 들어오지 않았다. 열세 살이라는 나이 차를 전혀 느끼지 못한다는 그 둘 간의 생물학적 결합의 끝이었다.

야근 준비를 하는 내게 아내로부터 전화가 걸려왔다. 달뜬 목소리였다. 처제가 미국인 교수를 집으로 초대했다는 생뚱맞은 소리였다. 열아홉 살 연상의 미국인 이혼남, 로버트를 데리고 나타난 처제가 결혼하겠다는 일방적 선언을 나는 듣고만 있었다. 연극배우와 동거한 그 방에서 로버트와 살림을 차린 처제는 이듬해 로버트를 따라 로스앤젤레스로 들어갈 때까지 잠자리서 질러대는 괴성이 동거라는 의미 전부였지만 말이다.

일상에 쫓긴 나는 처제를 잊고 살았다. 큰 애가 열두 살 되던 해 늦은 밤이었다. 집 전화벨이 이상하리만큼 크게 울렸다. 아내가 '여보세요'를 서너 번 찾더니 숨넘어가듯 전화기를 움켜잡는다. 잠적했던 처제가 십수 년 만에 LA에서 소식을 전해 왔다. 이렇게 시작된 처세와 아내의 전화질은 하루가 멀다 않고 계속되었다. 그 전화벨 소리가 나를 불안하게 만들었다. 간섭할 수 없는 자매간 긴 통화 속에 영어 연수라는 단어가 자주 튀어나왔다. 달뜬 아내의 모습이 나를 더욱 불안하게 만들었다.

어젯밤에도 처제로부터 전화가 걸려왔다. 두 아이를 어학연수 시키자는 처제의 구체적인 제안을 받아들인 아내는 통보하듯 몇 마디 내뱉고, 여권을 만들어 미국 비자를 신청했다. 어느 날부터 아내의 긴 통화가, 아이들 방으로 들어가 문을 닫아걸고, 귓속말하듯 은밀해졌다. 겨울방학 두어 달 동안 어학연수를 마치는 대로 돌아오겠다는 아내는 말과 달리 통장에 있는 돈을 몽땅 털어 환전했다. 더구나 여름옷까지 챙기는 그녀의 짐 보따리가 점점 커졌다. 순차적으로 일어나는 이런 일들이 순탄치 않은 내일을 예고하는 서막이었다.

아내와 아이들을 0시 25분 발 유나이티드 편으로 로스앤젤레스로 떠나보낸 후. 뒤척이다가 새벽녘에야 늦잠이 든 나는 허접스러운 흑백 꿈을 꾸고서 침대에서 일어났다. 넋 놓은 반나절 시간이 흘러갔다. 오후 늦게 휴대폰 벨이 울렸다. 처제 집에 잘 도착했다는 짤막한 아내의 전화였다.

삼 년이 흘렀다. 나는 대리 노릇을 팔 년이나 했다. 살갑게 지내온 직장 후배들이 진급과 동시에 태도를 바꿨다. 인사를 건네도 못 들은 척 그들은 나를 투명 인간으로 대했다.

손자를 그리워하는 어머니가 치매에 걸렸다. 기러기

아빠 생활을 하는 나는 혼자 힘으로 돌볼 수 없었다. 긴 생각 끝에 어머니를 요양병원에 맡겼다.

아내에게 어머니 병환 소식을 전했다. 기러기 아빠 생활을 청산하고 싶다 하자, 아내는 사춘기인 아이들만 남겨두고 절대로 귀국할 수 없다고 못 박듯 말했다. 나는 껍질뿐이라는 생각이 몸과 마음을 피폐하게 만들었다.

새해가 밝았다. 혼자 맞는 여섯 번째 새해였다. 물론 일 년에 한두 번꼴로 휴가철마다 열한 시간씩 날아 아내가 있는 로스앤젤레스로 갔다. 평소 불면증에 시달렸지만, 미국에서 묵는 날은 토끼잠마저 이룰 수 없었다.

IMF가 터졌다. 인원 감축 바람이 불었다. 회사에 나돌던 소문이 딱 맞아떨어졌다. 직급이 낮고 나이 많은 순서로 정했다는 명예 퇴직자 명단이 본인 의사와 무관하게 나돌았다. 시시각각으로 조여 오는 퇴직 압박을 삼 개월간 버틴 어느 날 아침이었다. 사무실 문을 연 순간 나는 놀라 자빠지고 말았다. 낙하산 염 부장이 종잇장처럼 얇은 입술을 열었다.

"그동안 우리 자재과에서 수고하신 송영무 계장님께서 회사로부터 특별 보직을 부여받으셨습니다. 안내 데스크

옆에 있는 비상대기반입니다. 직함은 없으나 각 부서에서 요청이 있을 때마다 맡겨진 일을 하시면 됩니다."

내란죄란 명목으로 내게 무기징역을 선고한 판사의 판결처럼 염 부장이 읽어나간 인사이동 문서에 반박 한 번 하지 못했다. 주차 안내, 분리수거, 사내 우편물 배달 등 나는 일주일을 버티지 못하고 그들이 만들어 놓은 명예퇴직 서류에 서명했다. 독하게 버틴 몇몇 동료들이 근무 태만이라는 사유로 퇴사 당했다. 그들은 퇴직금과 명예퇴직 수당을 받은 나를 부러워했다.

명문 사립 중·고등학교에 들어간 두 애 학비가 감당할 수 없을 만큼 늘었다. 등록금만 오천여만 원이 넘었다. 아내의 주장대로 48평짜리 아파트를 17평으로 줄이면서 어머니의 병원비와 애들 학비를 충당했다. 아내는 송금 받은 날에만 '잘 받았다'는 짤막한 문자를 보내왔다.

집과 손자를 그리워하다 어머니가 요양병원에서 돌아가셨다. 아내에게 연락했으나, 아이들은 영주권을 신청해 놓은 상태이고, 아내는 불법체류자 신분이라 나올 수 없다는 말만 되풀이했다. 친지들의 수군거림 속에 화장한 어머니 유골을 흑룡사라는 납골당에 안치했다.

17평짜리 아파트를 팔았다. 5평짜리 원룸으로 들어

갔다. 매달마다 내야 하는 월세, 사십만 원이 심적 부담을 크게 했다. 월 이십삼만 원짜리 고시원으로 거처를 옮겼다.

아내와 아이들이 그리웠다. 입국 수속이 거절될 수도 있어 LA행 비행기 표를 왕복으로 끊었다. 아시아나 A-330기에서 내린 피곤한 모습으로 입국 심사대에 섰다. 입국 심사원이 나를 아래위로 훑어보더니 질문을 던진다. '여행 목적으로 왔다' 답했다. 입국 심사 때마다 반복되는 일이었다. 삼십여 분의 간의 말씨름을 해냈다. 한국으로 되돌아가는 비행기 표가 있다는 것이 보탬이 되었다. '톰풀(tomfool)'이라 말한 입국수속관이 여권을 내게 던진다. 짐이 많다 판단한 세관 직원이 이민국 직원을 불렀다. 여행 가방을 까뒤집었다. 아내와 애들에게 줄 물건들이 검색대 위에 나뒹굴었다.

전쟁을 치르듯 세관을 벗어나 초췌해진 모습으로 공항을 나왔다. 처제 집 주소를 공항 택시기사에게 건네자 '오케이'를 반복하며 어둠 속으로 차를 몰고 들어갔다. 칠 년째 처제 집에서 방 한 칸을 빌려 쓴다는 아내가 나를 절절하게 반기는 표정이 아니라는 것을 매번 그 집 현관을 들어서며 알아챘다. 처제와 로버트가 '웰컴'이라 외치는 단어가 공허하게 들려왔다.

첫째 날 늦은 오후가 되자 로버트의 아들 죠이가 직장에서 퇴근했다. 그는 거침없이 아내가 있는 거실로 들어오더니 나의 존재에 아랑곳없이 가벼운 포옹과 입맞춤을 한다. 아내는 내가 있다는 사실을 무시한 채, 죠이의 행위를 받아 준다. 아내는 죠이에게 과일과 커피를 권했다. 아내 보다 열한 살이나 연하인 죠이와 아내의 행각을 바라본 나는 화가 치밀어 올랐다. 나는 로버트에게 '그럴 수가 있느냐'고 따졌지만 '지극히 개인적인 문제라 간섭할 수 없다'는 특유한 제스처를 쓰는 심드렁한 답이 전부였다. 죠이가 아내에게 하는 일체 행위가 이미 그들 간에 묵시적으로 해 왔다는 것을 짐작하게 했다.

둘째 날 밤 아내 곁에 누웠다. 아내가 벽을 향해 돌아눕는다. 한 뼘의 거리가 건너온 태평양 바다만큼 넓게 느껴졌다. 두 남자와 두 여자가 내 아이들과 사는 이 집에서 나는 처절한 이방인이었다.

셋째 날 되는 아침 식탁에 이례적으로 우리 식구만 둘러앉았다. 앞으로의 거취에 대한 의견을 터놓고 말할 좋은 기회가 왔다고 생각한 나는 '한국으로 돌아가자'는 주장을 폈지만, 아내가 말을 가로챘다. 애들에게 더 나은 미래를 보장하기 위해 시민권을 취득하겠다는 아내는 '서류상 이혼하자'고 당당하게 말했다. 이미 아내는 죠이에게 '계약 결혼 선금으로 삼천 달러를 지불했다'고 말했다. '시민권을 취득한 후 오천 달러를 죠이에게 더 지불하고 이혼한 후 나와 재결합 하겠다'는 일련의 시나리오를 담담하게 말했지만, 아내와 아이를 동시에 잃는다는 불안감이 나를 엄습했다. 내가 망설이자 아내가 빈정거리며 말을 이었다.

"자식을 위한 일인데 희생 좀 하면 어때요?"

뻔뻔한 그녀의 말에 내가

"칠 년이나 기러기 아빠 노릇을 하며 생활비와 학비를 댔다."

말하자

"그런 일은 다른 집 아빠들도 다 하는 일"

이라며 일축해버리고 만다. 나는

"더는 혼자 살 수 없다."

단호하게 말하고 그 자리에서 일어섰으나 마땅히 갈 곳이 없었다.

넷째 날 아침 식탁에서 큰아이가 입을 열었다.

"한국 사람들은 사랑 없이 부부관계를 유지한다더니

엄마 아빠가 그 꼴이네요. 아빠가 엄마 뜻에 따랐으면 좋겠어요. 그게 신사다운 행동 아닌가요?"

이 말과 뒤이은 '어서 커서 마늘 냄새나는 아빠 같은 한국 남자보다 죠이 같은 백인 남자에게 시집가고 싶다.'는 딸아이 말이 스스럼없이 터져 나오는 순간, 벌집 속에 부상 당한 일벌 같이 전락한 나는 가족이라는 공동체에서 이미 내쳐진 존재였다.

"우리는 절대로 귀국하지 않기로 했어요. 어떻게든 여기에 머물면서 애들에게 글로벌한 길을 열어주겠어요. 그렇게 아세요."

이 말을 끝으로 아내는 입을 굳게 다물었다. 열 개의 눈동자들이 나를 투명 인간으로 취급했다. 아내가 내민 이혼서류에 도장을 찍은 나는 일주일 만에 한국으로 돌아왔다.

****

모나는 유월 장마철이 돌아오자 우울해했다. 조울증이 심해진 모나는 양극성 장애가 표면화되기 시작했다. 그녀는 적막감이 감도는 병실에서 잠들지 않으려고 버둥댄다.

심신이 허약해진 그녀가 조현병 증세까지 보이기 시작했다. 폭우 속에 바람이 부는 날은 주치의에게 갖은 이유를 만들어 외출을 요구한다. 주치의 허락 없이 병실 탈출까지 서슴지 않는다. 환자복 차림으로 강화도 용두돈대까지 달려간 그녀는 '아빠가 엄마를 물속에 밀어 넣었다.'고 세찬 바람 속에 악을 써댔다.

안정을 되찾은 모나가 '길고양이 중성화 수술이 각 자치구와 협력 동물병원에서 무자비하게 행해진다'는 뉴스를 접하고부터 앙또를 더욱 염려하는 눈치였다. 나는 모나가 원하는 것은 무엇이든 들어주고 싶었다. 간병인이 출근하자 나는 앙또를 찾아 달터공원으로 갔다. 한 쪽 귀 끝이 잘려나간 앙또는 까칠해진 털을 바짝 세워 나를 경계한다. 열어놓은 통조림조차 관심이 없어 보였다. 배 밑으로 말라붙은 피고름이 엉겨 붙어있다. 중성화 수술 후 사람에 대한 신뢰는 무너진 상태였지만 내 손에서 모나의 체취를 느낀 듯, 까칠한 수염을 앞세우고 한발 한발 버겁게 다가온다. 무작정 모나를 기다리는 앙또를 한동안 지켜보다가 돌아올 수밖에 없었다.

성체가 된 하루 만에 모든 여정을 완벽하게 마치고 우주 원소로 돌아가는 하루살이에게 주어지는 꽉 찬 하루를, 모나에게 내려지기를 신께 간청하고 있지만, 빈틈 없는 그분과 갑질 계약이 없는 내 바람은 불가능한 일이었다.

몇 초가 몇 년 같이 흘러가는 내게, 인턴은 뇌간이 반응 안 한다, 간성 혼수상태다, 식물인간 되었다, 뇌사상태라는 말까지 제 느낌을 가림 없이 뱉어냈다. 아침마다 침대를 정리하는 간병인이 모나가 누웠던 침대 시트를 들썩일 때마다 올라오는 병원 특유의 냄새가 싫은 나는 창문을 열어놓는다. 올해는 유난히 안개 피는 날이 잦다. 장례식장 밑에서 올라오는 향 타는 냄새가 일교차가 심해 일어난 5월 새벽안개와 뒤섞여 매캐한 냄새로 강남 Y 병원 소화기과 암 병동 709호 열린 창문을 밀고 들어왔다.

"안개를 흡입하면 안 돼요. 면역력 약한 환자분이 폐렴에 걸릴 수 있어요."

간병인이 다그치듯 내게 말했다. 덩그런 회색 공간에 침대가 외딴섬같이 둥둥 떠 있다. 모나가 굳어가는 몸에서 우화하는 흰나비 같이 빠져나온다. 짙어지는 안개 터널과 병실 안이 전세기 트랩처럼 연결된다. 모나가 안개 터널 깊은 곳을 응시하며 몇 발자국 걸어 들어 가다가, 나를 바라본다. 망설인다. 바람이 인다. 안개가 흩어진다. 안개보다 가볍게 떠 있는 그녀가 '뚝' 떨어져, 반듯하게 누워있는 제 몸 위로 겹쳐진다.

"모나가 이겨내고 있다."

"모나가 돌아왔다."

나는 기면병 환자처럼 괴성을 질러댔다.

"가슴이 뻥 뚫리는 것 같아요."

애성 섞인 모나의 목소리가 나를 흔들었다. 그 목소리는 터널 속에 도사리고 있는 주검의 그림자를 걷어내는 강력한 파동 에너지였다. 창가에 시들은 라벤더가 보랏빛 화사한 꽃잎을 피워낸다.

"가족에게 알리세요, 오늘을 못 넘기실 것 같습니다. 보호자께서 동의하시면 인공호흡기를 제거하겠습니다."

주치의의 사무적이고, 차가운 목소리가 간을 헤집고 들어왔다. 그의 말에 동의한다는 의미로 고개를 끄덕였다. 그가 재빠르게 모나의 몸에 거미줄처럼 엉켜있는 전깃줄에서 떼어냈다. 자유로워진 모나가 전기고문을 이겨내고 돌아온 용맹한 전사처럼 눈을 번쩍 뜬다.

"간 이식 공여자와 수혜자가 딱 맞아떨어지는 기적 같은 일이었지만 말기 간암 환자가 이식을 거부하고 죽음의 길로 들어서는 일은 의사 생활 이십여 년 만에 처음 겪는 일입니다."

주치의가 어깨를 으쓱거리는 황당하다는 표현에 나는
미안하다는 표정을 지어야만 했다.

'때 묻고, 망가지고, 허름해지면, 닦아내고, 고쳐서, 신
께서 주신만큼만 살고 가겠다.'는 모나가 이식 수술을 종
용하는 내게 숨을 몰아쉬며 뱉어낸 말을 상기하며 주치의
에게 선언하듯 큰 소리로 말했다.

"자신의 생명 연장에 수혈이나 제삼자 장기 삽입을 원
치 않는 모나입니다."

"모나의 보호자는 저뿐입니다. 집에서 임종을 맞게 해
주고 싶습니다."

나는 촌각을 다투는 마음으로 퇴원 준비를 했다. 뼈
가 드러난 그녀 몸에서, 죽음의 냄새가 찌들어 있는 환자
복부터 벗겨 냈다. 반듯이 누워있는 그녀의 핏기 없는 얼
굴이 천장에서 쏟아지는 LED 불빛에 더욱 더 파리해 보
인다.

"이 환자복을 입었던 사람이 몇 명이나 될까, 그들은
지금 어디 있을까?"

그녀가 숨을 몰아쉬며 조그맣게 중얼거렸다. 간이 옷
장에서 꺼낸, 자색 원피스를 그녀에게 입혔다. 큰 핸드백

을 들고 다니던 그녀에게 '보따리 좀 줄여보지. 집 나온 불량 미시 같아,'라고 놀리면 '이 백 속에 가득 채우고 싶은 게 있어서 그래.' 피식 웃는 그녀였다. 나는 백에서 그녀가 즐겨 쓰던 립스틱을 꺼냈다. 반듯이 누워있는 그녀의 입술에, 도화지에 그림 그리듯, 꾹꾹 눌러 분홍빛 립스틱을 발랐다.

S병원에서 내준 앰뷸런스로 도곡동에 있는 그녀의 집까지 가는 데는 십 분 정도 걸렸지만, 태평양을 건너는 것처럼 길게 느껴졌다.

욕조에 뜨거운 물을 가득 채웠다. 수납장에 차곡차곡 쌓여 있는 하얀 수건 서너 장을 따뜻한 욕조 물속에 담갔다. 물기가 자작하게 살짝 짰다. 반듯이 누워있는 그녀의 머리카락이 거의 없는 동그스름한 머리에 환자용 샴푸를 뿌리고 조심스럽게 마사지를 하고 닦아내기를 누세 번 반복했다. 반듯한 이마, 수많은 별을 가득 담았던 눈을 지나, 보조개 깊은 양 볼을 닦아 내려갔다. 수줍은 듯 붉어지는 볼, 입가에 얕은 미소가 번진다.

나는 그녀가 영적 문으로 들어서기 전, 손끝 감각세포로 정밀 스캔하듯 피부를 통해 들어오는 느낌 그대로를 뇌세포가 만들어 준 기억의 방 속에 차곡차곡 쌓았다. 눈물 한 방울이 지방이 빠져나간 그녀 배 위로 뚝 떨어졌다.

한 달 전부터 다가올 그녀와 마지막 밤을 준비했다. 평소 알고 지내던 노량진 수산시장 상인에게 복어 알을 구해 끓여 농축시켰다. 그것을 사또 뒤아르 밀롱 이라는 프랑스 레드와인과 함께 가방 깊숙이 넣고 다녔다. 개인병원을 이십여 곳을 드나들어 수면제 처방을 받았다. 수면제 한 주먹을 손에 넣는 데 한 달이 걸렸다.

긴 밤이 지났다. 믿기지 않는 일이 일어났다. 모나가 이른 아침 미소를 가득 머금고 기지개를 켰다. 삼차원의 세계 속에 더 머물겠다는 그녀의 강한 의지가 깊은 잠을 재우려는 신의 의지보다 강했나 보다. 침대 머리맡에서 내려다보고 있는 나를 두 팔로 목을 감아 끌어안는다. 가볍게 입을 맞춘 그녀가

"푹 잤네, 안 잤어? 아직 밤이야?"

그녀가 입을 달싹였다. 들릴 듯 말듯 작은 소리가 들려왔다.

"따뜻한 당신 곁이, 오늘은 춥지? 앙또는 어떻게 지낼까?"

아침 햇살이 창을 떠밀고 침실 안으로 가득 들어왔다.

파리했던 그녀의 얼굴에 화색이 돌았다. 그녀 품에 앙또를 안겨 주고 싶은 나는 앙또를 찾아나섰다.

길고양이 앙또를 기억하는 사람은 없었다. 지하철역에서 지나쳤던 사람을 기억하는 이는 거의 없는 것처럼 그냥 '길고양이 한 마리가 죽었고 환경미화원에 의해 치워졌다'는 것이 내가 알아낸 전부였다.

더운물 표시 끝까지 돌려 샤워기를 틀었다. 쏟아져 내리는 물줄기가 살갗에 닿자 타는 듯, 따가웠다. 물에서 뿜어내는 열기를 모두 몸속에 담았다. 피부 깊숙이 파고든 열기를 요동치고 있는 핏줄 속에 담아 어둠 속에 떨고 있는 모나에게 전하고 싶다.

나는 그녀를 뒤에서 안았다. 물 한 방울 들어갈 틈도 없이 밀착했다. 내 몸이 완전히 그녀 속으로 들어갔다.

태초에 아담과 이브가 부끄러움 없이 사랑을 나누듯 마지막 더운 피 한 방울까지 태워버린 나는 조용히 그녀를 불렀다.

"모나!"

나는 한 손으로 가방 속에서 와인 병을 찾았다. '저 사람이 있어 살아지는 거야. 너도 살아내야 하는 당위성 하나쯤 만들어야 살아지지!' K의 음성이 기계음처럼 들려

왔다. 나는 흰 봉투 두 개를 눈에 잘 띄게 침대 옆 탁자에
가지런히 올려놓았다.

　－모나와 앙또 그리고 나, 셋이 잠깐 서로에게 기댔었
다는 이 일보다 더 귀한 일이 지구상에는 없었다.－

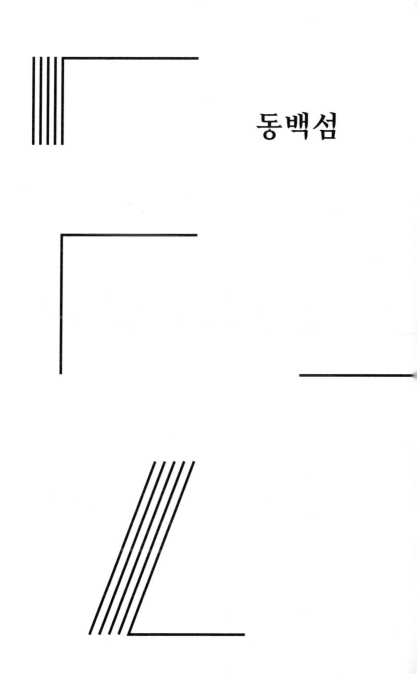

동백섬

동백섬

*

"우리 집을 넘보는 놈이 있어요!"

얇은 입술이 귀밑까지 올라붙은 여자가 녹슨 철문에 빗장을 지를 때 내는 음색으로 내게 말했다. 살가운 척 붙어 앉는 여자가 탁자 서랍 속에서 방금 구입한 것 같은 검은 리모컨을 꺼내 들었다. 은은한 침실 조명에도 반짝였다. 줄지어 올라붙은 버튼을 찡그린 눈으로 내려다보는 여자가 안경을 조금 밀어 올려 작은 글자가 눈에 들어오자, 선택한 버튼을 집게손가락으로 깊게 눌렀다. 천장에 매달려 죽어있는 오버헤드 프로젝트가 그 여자 긴 손가락 끝에서 기지개를 켠다. 부릅뜬 외눈에서 청백색 빛이 쏟아져 내린다. 그 빛이 민소매 반투명 실크 이브닝드레스 차림의 여자를 꿰뚫는다. 여자가 가는눈 끝에 힘을 주어 찾아낸 부호 같은 버튼을 한 번 더 길게 눌렀다. 침실 통유리창 커튼 박스 속에 숨어있는 스크린이 기계음을 내며 매끄럽게 내려온다. 탁자 위에 놓여 있는 노트북을 능숙하게 조작하자 방범 카메라에 잡힌 영상이 스크린에 착 달라붙는다. 마우스가 딸깍 가벼운 소리를 여자 손끝에서 냈다.

담 밖의 사내가 독립영화 주인공처럼 스크린을 가득 채운다. 립스틱이 말라붙은 긴장한 여자, 까실한 입술 사이로 송진 타는 냄새가 새 나온다. 검은 눈동자가 사라진 치켜뜬 눈, 움켜쥔 리모컨 위로 날카로운 손톱이 삐죽 나온다.

달이 구름 속으로 들어갔다. 사내가 높은 담을 가볍게 타 넘어 거실창 밑으로 먹이를 노리는 삵처럼 한 발짝씩 시간을 늘려가며 접근한다. 사내가 거실 통 유리창 너머 벌어진 커튼 틈새로 엄지손가락만 한 LED 손전등을 들이댄다. 사내가 클로즈업된다.

"아주 싱싱한 놈이야!"

탄성을 지른 여자가 슬그머니 일어섰다. 드레스 룸으로 들어간 여자가 검은 후드점퍼를 머리까지 푹 뒤집어쓰고, 스나이퍼 같이 총열이 긴 마취 총을 들고 어둑한 테

라스로 조심스럽게 나갔다.

어둠을 등지고 서 있는 여자가 겨눈 총구에서 시작된 팽팽한 긴장감이 방아쇠를 당길 집게손가락 끝에 모인다. 정조준 한 목표물을 향해 신중하게 방아쇠를 당긴다. 공기를 가르는 파열음이 희미하게 들린다. 날아간 주사기 바늘이 정확하게 사내 왼쪽 목에 꽂힌다. 화들짝 놀란 그가 대여섯 발자국 뒤로 물러서다가 담벼락 밑에서 꼬꾸라진다.

여자 뒤로 도열한 동백나무가 달빛을 빌어 만든 그림자로 온실까지 어둑한 터널을 이어놓는다. 축 늘어진 한밤의 침입자를 낮은 캐리어 위로 굴려서 실은 여자가 검은 터널 속으로 유유히 사라진다. 온실 문이 스르륵 닫힌다.

고무나무 원목 장식장 속의 고출력 앰프가 승리를 암시하듯 웅장한 교향곡을 토해낸다. 공기까지 몰아낸 긴장된 공간을 점령한 묵직한 저음파가 테이블 위에 있는 크리스털 물 잔을 흔든다. 튀어 오른 물방울이 파동을 매개체 삼아 사방으로 흩어지자 방안을 날아다니는 바늘같이 뾰족한 고음이, 물방울을 콕콕 찔러 터트린다. 상처받은 고음과 너그러운 저음이 서로 배척하다가 맥동이 합체하는 순간 공진하며 어우러진다. 나는 늪 속 같은 부드러운 침대 속으로 깊게 빨려들었다. 거부할 의지가 없다.

그녀가 온실을 통해 동백섬으로 들어간 지 몇 시간이 흐른 것 같다. 날카로운 파열음이 몽롱한 내 의식을 되돌려 놨다. 아내와 살가웠던 세밑 어느 날, 정육점에서 들었던, 소갈비뼈를 순식간에 자르고 튕겨져 나와 나의 뻣뻣한 몸을 반으로 가를 것 같은 날 선 원형 톱날 소리였다.

문틈으로 스미는 향기가 현재와 과거를 구분할 수 없는 시간의 곡면 구간에 나를 세워 놨다. 산세이도(三省堂) 출판사 방문길에 인천공항 면세점에서 아내에게 주려고 산 코코 누와르 향수였나. 숨은 듯 디불이 올리붙는 비릿한 이 냄새. 분명 잊을 수 없는 아픈 냄새였다.

그녀가 일회용 주사기를 물기 없는 피부, 푸르스름한 핏줄 속으로 밀어 넣었다. 찌릿했다. 속옷이 드러나는 드레스가 얼굴을 스칠 때마다 일었다가 슬며시 사라지는 미미한 바람 속에 스미는 향기, 까만 속옷으로 가려진 금지구역에서 올라오는 아찔한 자극이 세포 하나하나를 깨우고 있다. 십여 년을 풀 없이 죽어있어 눈총받은 놈이 부풀어 올랐다. 대장장이가 빨갛게 달궈진 쇳덩이를 망치로 내려치는 튀는 불꽃 같은 환희와 헤라클레스가 기둥을 무너뜨릴 힘을 짜내는 듯한 고통이 반복된다. 몸속 깊숙이 파고든 나를 용광로처럼 녹여내는 그녀 얼굴 위로 굵은 땀방울이 뚝 떨어졌다. 그 소리는 엄마가 돌려대는 재봉틀 소리처럼 무겁게 내려앉는다.

**

초등학교 삼학년인 나는 엄마와 쪽방촌으로 이사했다. 이삿짐이라고 해봐야 양손에 든 옷 보따리가 전부였다. 만 원짜리 월세방에 사는 나는 자주 씻지 못해 쉰내라는 별명이 붙어 다녔다. 움츠러드는 속내를 감추기 위해 주먹을 꼭 쥐고 매일 사나워지는 연습을 했는지 모르겠다. 무시당하는 느낌이 들 때마다 큰놈 작은놈 가리지 않고 학교 화장실 뒤에서 주먹다짐을 했다. 나는 어떻게든 상대의 코피를 터트렸고, 그들은 두툼한 내 입술을 터트려 두툼이라는 별명을 얻게 했다.

화려한 비단 한복을 종일 짓다가 지친 엄마가 박음질 중에 깜박 졸았다. 빠르게 옷감 위를 질주하는 바늘이 엄마 엄지손톱과 비단 천을 싸잡아 박아버렸다. 파상풍에 걸려 밤새 고열에 시달리는 엄마가 사경을 헤맸다. 나는 식식거리며 아빠 집 주위를 맴돌다가 아빠 집으로 들어가는 노란 비옷과 노란 장화 신은 유명 유치원 단복 차림의 계집애를 봤다. 몇 달째 찌그려 신고 다니는 맞창난 운동화 속으로 흙물이 배들었다. 동네를 몇 바퀴 돌다가 이를 악물고 아빠 집으로 들어갔다. 아빠와 사는 여자가 나를 아래위로 훑어보았다. 나는 그 여자를 눈이 찢어져라 하고 째려보았다. 안방과 건넛방 사이 거실 마루에 쪼그려 앉아 아빠의 귀가를 기다리고 있던 나는 스르르 내려오는 눈꺼풀 무게를 견디지 못하고 쪽잠에 빠져들었다. 사납게 퍼붓는 소나기, 번썩이며 내리치는 벼락, 천둥소리에 화들짝 잠이 깼다. 새벽이었다. 밤새 몸속으로 파고든 냉기가 나를 생각 없이 독하게 만들었다. 안방 문을 거칠게 열어젖혔다. 날카로운 청백색 빛이 큰 유리창 뒤로 내리꽂혔다. 천둥소리가 내 외침을 먹어 버렸다. 눈에 띄는 모든 신발을 화장실에 처넣었다. 막대기로 휘휘 저어버리고 퍼붓는 빗줄기 속에서 후련한 마음으로 그 집을 빠져

나왔다. 히죽이 웃고 있는 비에 푹 젖은 내 모습이 쇼윈
도 유리창에 비친다.

***

"산채로 췌장을 추출하는데 한참 애를 먹였어요."

비스듬히 쇠 부딪는 소리가 늪 속을 허우적거리는 나
를 확 낚아챘다. 동백섬에서 올라온 그녀가 침대에 반듯
하게 누워있는 나를 내려다보며 도축장 경매사 같이 숫자
로 내 몸 상태를 거침없이 불러댔다.

"아침 공복 혈당 100, 식후 두 시간 혈당 120, 수축기
혈압 130, 이완기 85. 상태가 아주 좋습니다."

나는 그녀를 빤히 올려다봤다. 큰 창을 넘어 들어온 빛
이 날카로운 콧날을 중심으로 경계가 확실하게 구분된,
아이들과 같이 보았던 TV 애니메이션에 등장하는 다중인
간 아수라백작 모습이었다.

"싱싱한 것과 바꿔치기하는 데는 별 문제가 없을 거
예요!"

그녀의 자신감 넘치는 말에 동조도 부정도 나는 할 수
없었다. 그저 잡힌 물고기마냥 큰 눈만 껌벅이고 있었다.

"물건이 싱싱할 때 바로 이식 수술에 들어갑시다!"

"…"

"회복이 빠르게, 마취 없이 수술할게요."

이미 정신을 갈가리 찢는 고통을 맛본 나는 마취 없는 수술 소리를 듣는 순간 간이 오그라들어 오줌을 지렸다.

같은 침대 위 돌아누운 한 뼘 거리의 아내와 실행 하지 못하고 있는 이혼을 다짐하며 잠 못 이루는 어느 날 새벽이었다. 선잠 속에 나를 노린 화살이 아랫배에 깊숙이 박힌다. '꿈이다. 꿈을 꾸고 있을 거라고' 아픈 배를 움켜잡고 나를 삼키고 있는 악몽 속에서 빠져나오려 허우적거렸다. 머리를 침대 모서리에 심하게 부딪치며 눈을 뻔쩍 떴다. 베개가 흠뻑 젖었다. 아랫배 근처에서 시작된 강한 통증이 멈추질 않았다. 섶 꿈속에서 빗어나지 못한 깃이라 생각한 나는 의식적으로 몸을 좌우로 비틀며 빠져나오려 애썼다. 몸부림치다가 침대 위에서 굴러떨어졌다. 현실이었다.

나는 방바닥을 기어가 화장실 변기에 걸터앉았다. 악문 어금니가 부스러진다. 마치 무지막지한 힘의 소유자인 거인이 솥뚜껑만 한 양손으로 머리와 다리를 움켜잡아 빨

래 짜듯 비틀어 버리자 가죽을 뚫고 나온 체액처럼 땀이
화장실 바닥에 쏟아진다.

돌아누운 아내는 자고 있을까? 귀를 막고 어둠 속으로
숨어버린 그녀. 그 거리만큼 더 아팠다. 유일한 진통제,
애꾸눈 해적이 술병에 그려진 싸구려 럼주와 고량주 캡사
이신까지 넣어 흔들어 댄 데블스 키스가 생각났다.

****

매봉산은 우면산 동쪽 줄기로, 낮은 언덕으로 쭉 이어
지다가 해발 85미터와 95미터의 두 봉우리를 만들었다.
둘레 길로 연결된 도시에서 보기 드문 소나무 군락이 섬
처럼 격리된 곳, 연초록 솔잎 끝에서 초가을 햇살을 분산
시키는, 적송이 빽빽하게 들어차 있는 섬, 그곳이 무작정
좋았다. 나는 그 산 밑에 위치하고 있는 Y췌장전문병원
에 치료차 입원했다. 말은 치료지만 이십 년째 안고 사는
불치의 병이었다.

즐비하게 들어선 고급 빌라촌을 감싸 안은 산자락을
움푹 파먹은 만(灣) 같은 골목길마다 예닐곱 대의 방범 카
메라가 바람 소리까지 추적 녹화한다. 나는 느릿한 걸음

으로 골목 안으로 들어선다. 지켜보고 있는 긴장한 눈들이 나를 따른다. '소나무 섬으로 걸어 들어갈 뿐이야' 대거리하고 싶진 않지만 그들의 오만 속 편견은 사양한다.

저녁 식사를 가죽 씹듯 하고 삼십 분간 매봉산 둘레 길을 산책하고 내려오는 길이었다. 어둑해지기 시작하는 소나무 섬을 지나며 스산한 건너편을 바라보았다.

활엽수 군락 아래 꼬리를 추켜세운 수컷 다람쥐가 참나무에 올라 제 영역 속의 부를 과시하듯 도토리가 실하게 달린 가지를 잘라 밑으로 던졌다. 그놈은 암컷들의 우상이며 도토리가 가득 달린 두 그루 참나무를 부로 삼는 금수저로 태어난 놈이었다. 생태학자들은 동기부여 없이 어떤 곤충이 하는 짓이라 했다.

9월 중순에 접어들었지만 한낮에는 이글대는 햇살로 달궈진 대지는 열기로 가득했다. 알싸한 삼실맛 도는 소주는 한동안 냄새도 못 맡았다. 기가 빠지고, 시들해진다. 하루에 예닐곱 번씩 혈액을 채취해 가는 간호사의 소독솜에서 나는 메틸알코올 냄새에 벌렁거리는 코만이 내가 살아 있다는 유일한 증거였다. 쪼르륵 줄지어 올라오는 이산화탄소가 콧속을 폭 찌르고 도망가는 상큼한 생맥주 한 모금이 간절하다.

눈앞으로 위대하게 다가서는 보물창고, 24시 편의점에 쭈뼛거리며 들어선다. 비릿한 알루미늄 냄새 품은 캔맥주가 별로 구미에 당기지 않았지만, 손끝에 닿는 순간, 시원한 감촉만으로도 세포들이 벌떡벌떡 일어서며 환호를 질러대는 이 상황을 그냥 넘길 수는 없었다. 나는 눈을 질끈 감고 C캔 맥주를 다섯 개나 계산대 위에 올려놓았다. 낯선 사람과 어색한 눈 마주침이 싫은 나는 휴대전화를 보는 체하며, 신용카드를 내밀었다. 환자복 차림으로 서 있는 나를 측은한 눈으로 바라보던 육십 대 초로 여인이 카드를 찍 긁어내린다. 멋쩍어하는 내게, 그녀는 검은 비닐봉지에 캔 맥주를 담아준다.

주위 눈빛이 두려운 나는 두 계단씩, 급하게 길바닥에 내려선다. 절묘한 타이밍이다. 미끄러지듯 골목 안으로 들어서는 검은색 S클래스 벤츠 승용차와 정면으로 충돌한다. 찢어지는 비닐봉지 사이로 다섯 개의 캔 맥주가 굴러 떨어진다. 길바닥을 데굴데굴 행진하는 캔 맥주가 거품을 꾸역꾸역 쏟는다. 지나는 이들이 몰려든다. 이면도로에 널브러진 환자복 차림의 나와 거품 문 캔 맥주를 번갈아 쳐다보는 이 뜨악한 상황에서 어서 벗어나야 한다.

운전석에서 내린 사십 대 중반쯤 되어 보이는 여인이

안절부절못하는 내게 다가와 이곳저곳을 살피며 말했다.

"보험사에 사고 처리해 놓겠습니다. 치료 잘 받으세요."

쥐구멍이라도 들어가고 싶은 나에게 그녀가 환자복 주머니 속에 자신의 명함을 당당하게 집어넣었다.

휴대전화 벨 소리가 거침없이 그녀에게 흘러갔다. 전화기 저편에서 들려오는 그녀의 목소리는, 말복 날 논산 훈련소 삼십 연대 연병장, 단내 내 뿜는 훈련 속에 맛보는 한 모금의 사이다처럼 나의 몸을 들뜨게 했다.

"퇴원을 축하드립니다."

그녀가 말했다.

"감사합니다."

나는 애써 건조한 인사치레처럼 받아냈다.

"길이 마셔 버린 캔 맥주를 바라보던 선생님의 허망한 눈망울을 잊을 수가 없었어요. 오늘 저녁에 퇴원 축하주 한잔하시겠어요? 술이 고파 아사하고 있는 선생님의 발끝에서 머리카락까지 신비의 물, 생명수로 가득 채워드리겠습니다. 호호호."

그녀가 꾸민 듯한 목소리로 유혹해왔다.

"아닙니다! 괜찮습니다."

나는 정중하게 사양하는 체했지만, 휴대전화기를 더 세게 움켜잡는다. 그녀가 속내가 뻔한 나를 속속들이 들여 보고 있다는 느낌이 왔다.

동암역 앞에서 광역버스에 올랐다. 시원하게 다가오는 에어컨 바람에 긴장이 풀리자 졸음이 퍼부었다. 가물가물 아이들 소리가 들려온다. 큰애가 열 살 무렵 나는 바이러스 감염으로 췌장 세포가 모두 죽어나갔다. 공복 상태에서 혈당 수치가 하이레벨이나, 500이라는 숫자를 웃돌았다. 70kg를 넘어섰던 몸무게가 40kg로 줄어들었다. 케톤증이 왔다. 입에서 아세톤 냄새가 났다. 간이 파괴되면서 나는 냄새였다. 큰 시련이었다. 성격마저 까칠하게 변하자 몇 되지 않은 친구들도 모두 떠나갔다.

조금씩 변해가던 아내는 신혼 초부터 장인을 무시했다는 이유를 들어 집요하게 이혼을 요구했다. 나는 그를 아내와 잠자리를 할 때마다 살 떨리게 증오했다. 그는 오십을 넘긴 어느 날 언덕에서 넘어지며, 돌부리에 머리를 심하게 부딪고 죽었다. 주검이라는 것이 모든 것을 덮고 가리라고 생각했으나 그렇지는 않았다.

새털 같은 수많은 날이 흘러간 어느 날인가 굳이 기억

하고 싶지는 않았지만, 잠옷 차림으로 누운 이불 속에서 이질스런 밤꽃 향이 올라왔다. 졸혼을 끝내고, 아내 뜻대로 이혼했다. 이혼 후 시작한 원룸 생활은 감옥이나 다름없었다. 무기력증에 빠진 나는 빈속을 강술로 채우는 게 유일한 낙이 되었다. 가수면 상태에 빠진 내가 옆자리를 침범했나 보다.

옆에 앉은 이가 투덜거리며 내 어깨를 툭 쳤다. 그 덕분에 정신이 든 나는 양재역에서 내릴 수 있었다. 문자로 상세하게 보내온 약속 장소에 그녀가 먼저와 있었다.

"여기예요, 여기."

스스럼없는 그녀가 남자처럼 손을 번쩍 추켜올려 신호를 보낸다. 나는 고개를 숙여 가볍게 인사하며 그녀가 앉아 있는 테이블 앞으로 나가간다. 그녀가 손을 내민다. 뜻하지 않은 사고로 딱 한 번 마주한 그녀의 얼굴이 기억나지는 않으나 쉰 듯한 목소리는 분명하다.

넓게 보이는 어둠 속 홀은 사람들로 꽉 찼다. 꼬부라진 혀로 내뱉는 언어들이 상대 가슴 속으로 파고들지 못하고 홀 안을 빙빙 겉돌고 있다.

"제게는 말입니다. 부부란 단어가 정말 웃깁니다. 이혼이라는 단어를 가슴에 가득 품고 있으면서 입으로 내뱉는 웃기는 말들, 사춘기, 대학입시, 군 제대, 결혼시킬 때까지 참고 견디겠다는 내가, 애들 눈에는 얼마나 이율배반적이었을까? 하는 말입니다."

내가 횡설수설하자, 그녀가 은밀하게 입을 연다.

"우리 집 아래층에는 섬이 하나 있어요. 들어온 순간, 다시는 나갈 수 없는 빨간 동백섬 섬!"

그녀가 실실 웃으며 말했으나 뼈가 있었다.

"삶을 재설계 하는 곳, 새로운 세상을 선생님께 열어 드릴게요."

그녀의 뜻밖의 제안에 나는 어물거린다. 이런 나를 그녀가 잡아끈다. 취기가 확 몰려온다. 팔짱을 낀 그녀 상체에 밀착하고 싶다는 욕망이 솟구쳐 올라온다.

매봉산이 만처럼 움푹 들어간 곳에 자라 잡은 그녀의 집은 흰 대리석, 삼층집이었다. 잎이 반들반들한 담쟁이가 높은 담을 뒤덮고, 넓은 마당 왼쪽으로 동백나무가 줄지어 서 있다. 그 뒤쪽으로 온실이 보였다. 거실이 튀어나온 장방형으로 설계된 이 집은 영화에서나 보던 대 저택이었다.

"앉으세요. 저 혼자 사는 집이라….”

엉거주춤 서 있던 나는 그녀가 집게손가락으로 가리키
는 소파 끝에 엉덩이를 걸치고 앉았다. 두꺼운 커튼으로
둘러쳐진 거실은 밖과 다른 세상이었다.

"시인이라고 하셨지요?”

그녀가 도전적으로 물었다. 나는 죄지은 자처럼 조그
만 소리로 대답했다.

"예.”

그녀가 장난기 어린 말투로 조롱하듯 한쪽 눈까지 찡
긋거렸다.

"소개팅에 나온 소년같이 얼굴이 빨개지시네!”

술기운에 상기되어 붉어진 볼에 보조개가 쏙 들어간
갸름한 얼굴과 실크 원피스 위로 봉긋이 올라온 고혹적인
몸매가 나를 어지럽혔다. 마른침이 꿀꺽 넘어갔다.

"겁나세요? 누가 잡아먹기라도 한대요. 편히 앉으
세요!”

그녀가 부드럽지만 명령하듯 말했다. 나는 소파 안쪽
으로 몸을 반쯤 눕히듯 들어앉았다. 코끝까지 다가온 그
녀 입에서 가을 끝자락 소래 포구 소금 길에 핀, 가시투
성이 해당화 냄새가 났다. 나는 관능미 넘치는 그녀의 몸

에서 눈을 떼지 못하고 깊은 숨만 몰아쉬었다. 그녀가 스캔하듯 내 몸을 꼼꼼히 살피며 말을 이었다.

"젊은 날 폭음하셨다지요. 췌장이 문제를 일으킨 후에도 퍼마셨으면 알코올 중독에 가깝군요."

정육점 붉은 등불 아래 매달린 싱싱한 살덩이를 골라 내려는 듯, 그녀의 눈빛이 번득였다.

대흉근, 삼각근, 대퇴사두근, 근육을 꼼꼼하게 살펴본 그녀가 집게손가락으로 원을 그리며 돌아앉으라는 신호를 보냈다. 광배근, 대둔근, 대퇴이두근을 핏기없는 긴 손가락으로 꾹꾹 찔러댔다.

"탄력이 대단하시네!"

소근대며 다가오는 그녀의 붉은 입술이 귓불에 닿았다. 입술을 앞세워 진입한 그녀가 나를 무장해제한다. 두렵다. 자신감을 상실한 나는 이 자리를 벗어나고 싶다.

"차나 한 잔 주시겠습니까?"

소파에서 일어서며 내가 말했다.

"아, 차. 동백섬에 가서서 드시지요."

그녀가 지하실로 내려가는 문을 열었다. 언뜻 보기에도 묵직하게 느껴지는 단단한 마호가니 재질의 문이었다. 어둑한 원형 계단 이십여 개를 조심스럽게 돌아 내려가자 철문이 앞을 막았다. 그녀가 비밀번호를 눌렀다. 금고문처럼 육중한 문이 천천히 열렸다. 안에서부터 흘러나오는 공기 속에서 코코 누와르 향이 났다.

'한번 들어가면 다시 나올 수 없는 동백섬이라 했던가?' 조명이 밝았다. 눈이 부셔 왔다. 목재 냄새가 은은한 마호가니 큰 책상 앞에 그녀가 앉았다. 그녀 뒤쪽으로 앙상한 뼈 조형물이 서너 개 늘어서 있었다. 종합병원 정형외과 진찰실을 방불케 했다. 방안이 조금 더웠다. 그녀가 에어컨을 켜자 찬바람이 일었다. 매달린 뼈다귀들이 흔들거린다. 첫 번째 뼈다귀의 하악골이 움직거리는 모습이 무엇인가를 말하고 있었다. 그녀가 뼈다귀 앞을 가로막듯 나서며 말을 잇는다.

"돌아가시기 전에 신체를 기증한 분들입니다."

나는 오금이 저려왔다.

"긴장하실 것 없어요."

그녀가 표정 없이 말했다. 그녀가 고급스러운 찻잔에 솔 향 가득한 차를 공손하게 따라 주었다. 향이 폐부 깊숙이 파고들었다.

*****

수술용 해부기 세트를 늘어 놓은 순서대로 그녀가 신중하게 확인한다. 메스, 가위, 본 커터, 본 로져, 해머, 엘리베이터 등 나는 더 이상 수술 도구를 쳐다보지 못하고 눈을 감는다. 수술용 침대 위에 반듯하게 눕자 두 팔과 허벅지를 화물차 짐 타이로 '철컥철컥' 잡아 묶는다. 중학교 2학년 여름방학이었다. 앞개울에서 뒷다리에 살이 통통히 오른 개구리를 잡아 조그만 송판 위에 네 다리, 물갈퀴 부분을 압정으로 고정했다. 조악한 실습용 해부기 세트에서 플라스틱 주사기에 마취약을 가득 넣어 개구리 넓적다리에 꾹 찔러 넣자, 튀어나온 큰 눈만 멀뚱히 뜨고 있는 개구리 모습이 떠올랐다. 두려움이 어둠처럼 나를 엄습한다.

그녀 입술이 오른쪽으로 조금 비틀려 올라가더니 비웃음 속에 말을 이었다.

"엊그제 밤에 몹시 취한 당신이 중얼거린 소리, 기억하시겠지요? 환락에 빠진 농염한 여인의 벌어진 빨간 입술 같은 데블스 키스가 제일 좋다고."

"…"

"한 병 쭈~욱 들이켜고 견뎌보세요! 나도 당신에게서

뭔가 얻는 것이 있어야하지 않을까요? 그래야 공평한 거죠. 남자 여자가 생물학적으로 평등하고, 있는 자와 곤궁한 자가 기회 앞에서 공평하기를 바라는 찌질한 이들의 입장 말입니다. 당신 뼈에서 한 점 한 점 발라낸 살덩어리, 폐가 부풀어 올라 터질 듯 빨갛게 뿜어내는 숨소리… 아! 생각만으로도 '파르르' 오르가즘이 몰려드네요."

나는 죽은 듯 그녀의 독백을 듣고 있다.

"여기 선생님이 좋아하신다는 데블스 키스 한 병 가지고 왔어요. 그녀가 레이앤내퓨 럼주 한 병을 들고 나타났다. 수간주사액을 나무에 꽂듯 그녀는 내 입에 술병을 거꾸로 꽂았다. 럼주가 목을 타고 '꿀꺽꿀꺽' 어렵게 넘어갔다.

"1940년산 레이앤내퓨가 데블스 키스 보다 조금 부드러울 거예요."

그녀가 가위를 들고 무표정한 얼굴로 다가왔다. '사각사각' 속옷까지 잘라낸다. 방금 잡은 도살장 고깃덩어리처럼, 씻어내고 물기를 제거한 후 흔들림 없는 눈빛으로 면도칼을 들이댔다. 가죽 벨트에 쓱쓱 문지르면 새파랗게 날이 서는, 면도칼이다. 그녀가 능숙한 솜씨로 내 몸에 나 있는 털을 모두 밀어 버린다. 성기 근처를 지날 때는 나도 모르게 진저리를 친다. 크레졸 용액을 진딧물 약 뿌리듯 발끝까지 도포한다.

노란 포비돈 요오드 용액을 메스가 출발할 자리부터 아랫배까지 '줄줄' 부어내린 그녀가 메스 든 손을 높이 쳐 들었다. 칼날에 신의 은총이 내리길 기원하는 나는 이를 악문다. 안개가 눈 속으로 몰려든다. 차가운 메스가 살 속으로 깊숙이 지나가자 강한 전류가 인가된다. 가위가 '사각사각' 소리를 내며 가슴 위로 올라온다. 피가 옆구리 를 타고 흘러내린다는 느낌이 든다. 니들 홀더 소리가 딸 각거린다. 본 카터로 뼈 잘리는 소리를 듣는다. 기차가 터널 속으로 돌진해 들어오는 소리가 들린다. 터널 속으 로 들어온 기차가 일순간 점이 되어 날아간다. 그곳은 내 가 서 있는 검은 바다였다.

깊은 잠을 잤다. 눈을 떴다. 사방이 어둡다. 손과 발은 움직일 수가 없다.

"이제 깨났어?"

공중을 둥실둥실 떠다니고 있는 나를 그녀의 목소리 가 깊은 나락으로 끌어 내린다. 희열 속에 고통, 표현할 수 없는 느낌 속에 두 눈이 뒤통수에 닿아 있는 듯 아련 하다.

"프로포폴이 고통을 잠재우는 데는 최고지. 달콤하게 재웠지."

눈만 멀뚱거리는 내게 그녀가 피식 웃으며 말했다.

"아주 심한 엄살쟁이라 수술 도중 모르핀을 다량 투여했어."

그녀의 말에 대답을 하려했으나 바람 새는 소리가 났다. 다시 시도한다. 역시 마찬가지다. 눈을 부릅뜬 나는 그녀를 올려다본다.

"아, 목소리. 내가 접수했지. 당신 성대가 나한테 바치는 두 번째 댓가야! 나는 중후한 남자 목소리가 역겹거든!"

그녀의 눈꼬리가 세모꼴로 접히면서 검은 동자가 위로 말려 올라갔다. 그녀가 서너 차례 심호흡을 하고 나서 말을 잇는다. 긴 독백이 시작되었다.

"초등학교 오학년이었어. 섯 봉우리가 서고 아랫배가 당기고 아파, 끙끙거리는 초경이 왔어. 엄마는 여자가 되었다며 예쁜 속옷을 사주셨지. 학기 초 주번이라 쉬는 시간 십 분 동안 학급정리를 하느라 정신없이 바쁜 내가 체육복을 갈아입을 때였어. 슬그머니 다가와, 스치기만 해도 아파 쩔쩔매는 젖 몽우리를 '툭' 치고, 그윽한 눈길로 나를 바라보던 담임선생님이 커다란 입술로 조그만 내 입술을 삼켜버렸어. 엉덩이를 커다란 두 손바닥으로 번쩍 들어 올려 제 허벅지 위에 올려놓고 '많이 컸네. 시집와도 되겠는 걸.' 그가 하는 일체의 행위를 결혼할 사이끼리는 당연한 행위라고 나는 받아들이고 있었어."

그녀는 시공간을 뛰어 넘어 학예회 무대에 오른 듯 어린이 같은 목소리로 말을 이었다.

"학예회가 열렸어. 무대 의상을 갈아입다가 우연히 옆반 아이 치마 속에 손을 넣고 있는 담임선생님을 봤어. 나는 순간 황당해서 내가 맡은 인어 공주 역할을 다 잊고 말았어, 왕자 역을 맡은 남자아이 앞에서 몸짓으로 연기하다가 말이 툭툭 튀어나왔어. 연출까지 맡은 그가 무대 뒤로 나를 불러내더니 귓속말로 내 '성대를 잘라버린다'고 했어. 비수 같은 말이었지. 그가 죽이고 싶도록 미웠어. 그 후로 나는 가식적인 남자의 중후한 목소리가 싫었어. 증오했지."

송판 조각 위에 올려진 큰 눈알 튀어나온 개구리가 눈앞에 또 떠올랐다. 그녀가 입술에 침을 바르며 말을 이었다.

"잠을 설친 어느 여름날 밤이었어. 잠결에 선생님 목소리를 들었어. 처음에는 꿈인 줄 알았지. 미움 뒤로 그리

164

움이 솟구쳐 올라왔어. 선생님을 인어 왕자로 만들어 아무도 넘어올 수 없는, 높은 파도 치는 섬에서 단둘이 살기로 결심했어.

그때였어. 옆에 있어야 할 엄마가 없었어. 어둑한 방안을 이리저리 둘러보았어. 나는 '덜컥' 겁이 났어. 미닫이 밖 마루에서 나직한 엄마의 신음소리가 들렸어. 아빠가 노래 잘 부르는 꽃집 여자랑 도망간 뒤, 엄마도 꽃집 남자랑 도망칠까 봐 밤마다 잠을 설치고 있었지."

나는 그녀의 고통스런 트라우마를 가만히 듣고 있었다. 그녀가 한숨을 길게 쉬면서 말을 이었다.

"엄마가 목소리 좋은 선생님과 도망가려는 줄 알았어. 모든 게 목소리 때문이라는 생각이 들었지. 벼르고 있던 일을 빨리 실행하기로 했어. 때가 왔어. 과학실 실습을 마치고 교실로 돌아가려는데 과학 보조 선생님이 청소하고 가랬어. 나는 기회를 엿보다가 보조 선생님이 한눈을 팔 때 해골이 그려진 수산화나튜륨이라고 쓰여 있는 갈색 병을 슬그머니 가방 속에 넣고 과학실을 빠져나왔지."

그녀는 목이 타드는 듯 머그잔에 물을 가득 따라 단번에 마셨다. 왼손으로 목을 한 번 쓰다듬은 그녀가 말을 이었다.

"미성을 가진 담임선생님은 술을 좋아했어. 퇴근 후 밤 새워 술을 퍼마시고, 출근하자마자 나에게 복도에 있는 정수기에서 시원한 물을 떠오라 시켰어. 다시 올 수 없는 기회를 잡은 나는 담임선생님 물컵 속에 수산화나트륨을 잔뜩 넣고 녹기를 기다렸어. 컵을 받아 든 선생님은 눈도 뜨지 않고 '벌컥벌컥' 들이키다가 두 손으로 목을 잡고 쓰러졌어."

무대 위 배우가 대사를 외듯 말하던 그녀가 침대 곁으로 다가왔다. 나는 본능적으로 몸을 움츠렸다. 차가운 두 손이 내 목에 닿았다. 나는 눈을 감았다. 그녀가 말을 이었다.

"학교가 발칵 뒤집히고 선생님은 병원으로 실려 갔어. 나는 미성년이란 이유로 풀려났지만, 선생님은 목소리를 잃었지. 한 달 전 네 목소리를 듣는 순간 선생님을 다시 살려내고 싶었어."

그녀가 잠시 동안 생각에 잠겼다.

"오늘부터 네가 그 선생님이 되는 거야! 네가 할 일 중 제일 비중이 큰 거지!"

그녀가 조그맣게 말했지만 천둥처럼 크게 울렸다. 그녀의 말은 계속 이어졌다.

"동백섬에서 살아가는 뼈들은 모두 내가 그리워하는 사람들이야. 이건 아빠, 이건 엄마, 이건 꽃집 여자야. 그리고 하나 더, 목 없는 뼈다귀는 선생님. 수산화나트륨이 나는 좋아. 썩어가는 살을 싹 녹여 주거든."

소리 없이 웃는 그 여자 눈에는 눈물이 흐르고 있었다. 수술 부위가 아려왔다.

'아니다. 이곳은 분명 수술 부위는 아니다! 나를 절대적으로 필요로 하는 이 여자에게 모든 걸 줘도 후회 없을 거라는 생각이 들지. 그래! 여기서 살자. 이곳 동백섬 공화국에서는 떠날 사람도 찾아올 사람도 없을 거야. 이 여자 이름조차 기억이 안 나지만, 달라질 것은 없잖아? 동백섬 공화국에 존재하는 단 한 명의 남자로 살아내야지!'

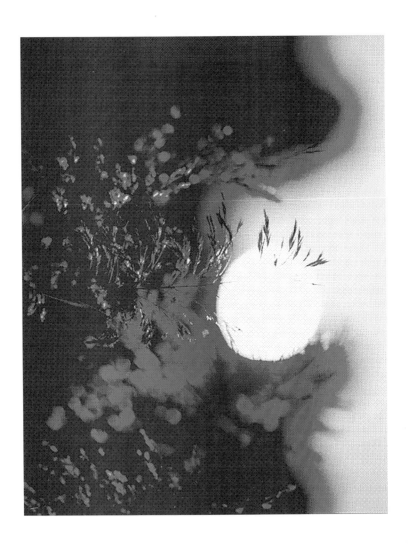

마추픽추 그 남자의
이중생활

마추픽추 그 남자의 이중생활

─데이터화 캡슐 속에서 영성물질로 변환된 나는 미래라는 방향으로 달려나가는, 직선시간 나열방식이 무의미한 블랙홀 속으로 빨려들었다. 시루떡처럼 켜켜이 쌓인 평형우주가 펼쳐졌다. 멀티 곡면 시간이 흐르는 이곳, 은하 간 공전 항로가 겹치는 핀딩(finding) 구간에서, 산개성운 간 밀도차로 생성된 웜홀(worm hole)로 들어섰다. 떡시루를 관통하듯 이곳을 지난 나는 제 4우주 공간에 안착했다. ─

*

만발한 진달래를 바라보는 문둥이 속마음처럼 타드는 노을 속에, 요염한 칸투꽃이 분홍빛을 화사하게 내뿜고 있는 아우구스트 호텔에 도착했다. 서쪽 하늘부터 붉은 기운이 아궁이 속 잔불처럼 사그라지자 어둠이 확산하는 짙은 잉크처럼 아우구스트 호텔로 스며들었다. 땅끝까지 밀어붙일 것 같은 어둠을 몰고 온 세력이, 군청색 하늘이 열리자 진군을 멈춘다. 스펙트럼이 제각각인 빛을 별들이 쏟아낸다. 신의 땅이 시작되는 시점을 알리는 해발 삼천 미터 높이의 구릉과 평행한 밤하늘이, 어린 날 뜨락 밑에 가득 핀 분꽃 속에서 사촌누이 인혜와 시새워 별을 헤던, 먼 하늘보다 손끝에 닿을 듯 낮게 드리웠다.

호텔 로비 왼쪽에 있는 샹그릴라 레스토랑 벽난로 열기가 고산증에 지친 나를 더욱 까라지게 했다. 웰던 스테이크 몇 조각을 입에 넣고 되씹다가 웨이터에게 "피니시드"라고 외치듯 말했다. 솜털 끝까지 향이 배어들, 진한 커피 두 잔을 연거푸 마신 나는 머그컵을 벽난로 옆 탁자 위에 힘겹게 내려놓았다.

기다리는 벨 보이가 등불을 켜 든 수사처럼 로비와 삼백여 미터 떨어진 세 번째 건물로 안내했다. 달무리가 내려와 은빛으로 감싸고 있는 야트막한 건물, 그 앞뒤로 흐르는 실개천에서 엷게 퍼 오른 안개와 창백한 빛을 발하는 둥근 수은등이 어우러져 신비감을 더한다.

터널처럼 이어진 복도 끝 창틀 위에 걸터앉은, 터키 국기 속에 빛나는 손톱달이 어스름을 더한다.

십자군 전사처럼 손전등을 내밀고 전진하던 벨 보이가 302호 검은 문 앞에 절도 있게 섰다. 부도를 막지 못해 쓰러진, 아버지를 대신해 머리를 조아리고 서 있던 K 은행 금고문처럼 쉽게 열리지 않을 수 있다는 생각이 들자 불안해진다. 40인의 도적을 이끌고 먼지를 일으키며 도착한 알리바바가 주문을 외듯, 검은 문에 다가선 벨 보이가 큼지막한 둥근 쇠고리에 매달린 열쇠를 구멍에 넣고 알아듣지 못하는 말을 중얼거리자, '철커덕', 자물쇠 풀리는 소리가 명쾌하게 났다.

문짝을 지탱하고 있는 기름 마른 돌쩌귀가 긴 파열음을 냈다. 안으로 들어섰다. 발코니를 등지고 있는 호두 기름 먹인 은행나무 탁자와 퓨마 한 쌍이 등받이에 새겨진 소파가 품위를 더했다. 두꺼운 커튼이 침실과 경계를 긋듯 어슷하게 쳐 있었지만, 틈새로 높은 침대가 눈에 들어왔다. 기다리는 벨 보이에게 '감사하다'며 일 달러짜리 지폐를 건넸다.

차 한 잔 끓여 마실 커피포트는 고사하고 TV, 냉장고 조차 보이지 않는다. 북쪽 벽면이 스테인 글라스이다. 포도문양으로 치장된 벽시계가 열두 개로 분할한 숫자 위를 습관적으로 돌고 있다. 과거, 현재, 미래라는 직선 위 시간 나열방식이 퇴색한 이곳, 중세 대성당 같은 분위기 속으로 들어와 있다.

옥죄어 오는 신발부터 속옷까지 모조리 벗어 소파 위로 던졌다. 한 걸음 걸을 때마다 맨발바닥에 묻어나는 켜켜이 쌓인 먼지가 오랜 기간 빈방임을 암시했다. 고풍스런 아름다움 속에 엄숙함이 깔려있는 302호. 수도원 같은 이곳에 나는 벌거숭이로 서 있다.

땀과 먼지에 찌든 몸이 '따끈한 물 넘치는 욕조 속에 푹 담그고 싶다'고 아우성을 친다. 샤워기를 틀었다. 지하수를 퍼 올리는 자동 펌프 소리가 났다. 높은 천장에 매달린 샤워기에서 쏟아진 찬 물방울이 단두대 칼날같이 공기를 가르며 목덜미에 떨어졌다. 섬뜩한 전율이 일었다. 고산증이 완화되기는커녕 메스꺼운 기운이 울대를 디고 올라왔다. '산소를 달라' 외쳐대는 영성물질이 뇌막을 두드렸다. 두통이 심해졌다.

열려있는 욕실 문을 스쳐 가는 검은 그림자가, 김이 서린 욕실 거울에 어렸다가 사라진다. 등줄기에서 돋은 소름이 발끝까지 퍼져나갔다. 씻는 둥 마는 둥 수건을 허리에 두른 우스꽝스런 모습으로 외다리카메라 받침대를 검처럼 곧추 들었다. 허락 없이 스며든 검은 그림자를 내리칠 자세로 수색하듯 살폈지만, 그 정체를 찾아내지 못했다. 풍선에서 바람 빠지듯 맥이 풀렸다. 침대 속으로 들었다. 하얀 면 시트에서 익숙한 냄새가 난다. 다듬질한 옥양목 이불깃 냄새였다. 어려서 밤이 두려운 나를 포근히 감싸주었던 외할머니의 향기였다.

평행우주론에 동조하는 나는, 태양의 제국이 실존했던 이곳 마추픽추 아우구스트 호텔 302호 근처에 웜홀(worm hole)이 열릴 수 있다고 유추하고 있었다. 파인애플 향이 났다. 날카로운 가시가 촘촘하게 붙은 잎사귀가 제 몸을 감싼 채 백 년을 은둔한 푸야라이몬디 향기였다. 삼천 개 꽃봉오리를 일시에 터트리며 육백만 개 씨앗을 안데스산에 퍼뜨린다. 떼 지어 날아드는 콘도르 날갯짓으로 거대한 먼지 폭풍이 인다. 평형을 잃은 암흑물질 에너지가 태양 항성 헬륨원자를 활성화시켜 핵융합 반응이 가속된다. 강력한 태양풍이 몰고 온 자기장과 지구 행성 맨틀에서 올라온 자기장이 힘의 균형을 이루자 천장 중앙에 박혀있는 알전구를 구심점으로 302호 방이 빙글빙글 돈다. 피보니치 수열이 그리는 궤적 좌표대로 숨어있던 코리칸차 신전이 열리고, 바위뿐인 우르밤바 계곡에서

174

나무들이 쑥쑥 자라 올라 연초록 생명을 뒤덮는다. 젊은 봉우리 와이나픽추가 병풍처럼 마추픽추를 둘러싼다. 코리칸차 신전으로 빨려들어 간 나는 우두머리 신녀 갸챠류차와 조우한다. 그녀가 검은 입술을 열었다.

"샤플리스 2세!"

솟구쳤던 하얀 깃 콘도르가 어깨 위에 가볍게 내려앉는다. 검은 퓨마 한 쌍이 양옆에 부복한다.

★★

"선생님, 망고 드시러 샹그릴라 레스토랑으로 오세요!"

칼칼한 남궁 사무처장의 목소리가 열려진 웜홀 틈을 비집고 들어오자 신비한 생명체 같이 노출을 꺼리는 웜홀이 닫히기 시작한다. 우르밤바 계곡에 늘어잔 생녕들이 제4평형우주 곡면 시간 속으로 숨어들자 잠잠한 호텔방으로 되돌려졌다.

다운재킷을 걸친 나는 검은 문을 열고 302호를 나왔다. 머리가 하늘에 닿았다. 조막만한 별들 수만 개가 부유하고 있다. 혜성 꼬리에서 쏟아져 내리는 별똥들이 얕은 개울 속으로 떨어졌다. 개중에 나뭇가지에 걸린 것들은 한 마리 반딧불로 그 자리서 반짝였다.

★★★

AD 2613년 우주개발에 나선 힘을 앞세운 국가들이 UN연합 제제에 굴지지 않고 태양 에너지를 고출력으로 끌어올리기 위해 수성기지에서 태양을 향해 헥토급 수소 폭탄 천여 개를 발사했다. 활발해진 핵분열, 융합반응으로 태양에 칠백여 개 흑점이 생겼다. 사백만 켈빈도로 상승한 코로나가 태양 둘레 삼천만㎞까지 열기를 내 뿜었다. 이 열로 각 행성이 에너지 고갈 상태는 면했지만 수성과 금성의 얇은 대기권에 미세하게 존재하던 수소와 산소원자가 순간적으로 결합하며 대폭발로 이어졌다. 수소와 산소 원자가 씨가 말라 물을 만들어 낼 수 없다는 불행을 예고하는 서문이었다. 지구와 화성으로 이러한 현상이 이어졌다.

해류 방향이 바뀌었다. 대재앙의 시작이었다. 북위 78도까지 올라간 적도 난류가 극지방들 둘러싸고 있는 빙하를 녹였다. 해면이 상승했다. 남태평양 산호섬들이 물에 잠겼다. 투발루, 키리바시, 나우르 공화국 등이 밀려든 바닷물로 국토를 잃고 난민 대열에 합세했다. 해수면 온도가 5도 이상 상승하자 수십여 개의 폭풍이 동시다발 적으로 발생했다. 만리장성 같은 방파제를 해변마다 쌓아 덮쳐오는 쓰나미를 막았다. 빙하 속에 포자 상태로 숨죽 이고 있던 바이러스가 녹아내린 물속에서 무서운 속도로 번식하자 지구는 질병이 창궐했다.

몇몇 생물학자들이 살아남을 종을 만들기 위해 이종 간 교접을 우주실험실에서 해 나갔다. 변종 간 교접으로 돌연변이가 양산되었다. 이들이 두뇌가 발달한 스파인 종 과 육체가 강해진 슬리버 종으로 진화했다. 지구로 귀환 한 이들 간에 새로운 지배 구조가 형성되었다. 제국시대 같은 신노예제도가 생겼다.

우주 협약으로 금지한, 감마선 살상 무기를 개별 소지 한 스파인 종들이 연합히어 스파인연합NA리는 단체를 만들어 UN평화유지군과 벌인 분쟁에서 승승장구한다. 우주함대를 조직한 스파인연합NA가 지구뿐만 아니라 태 양계 행성까지 침탈하여 합병하며 그 행성의 남성을 모두 학살한다. 침탈지에서 가임여성은 모두 스파인연합NA 남성들과 의무적으로 살아야 하는 신제국시대를 열었다.

지구행성에서 0.3AU 떨어진 화성의 위성 사파이어로

이주해 자리 잡은 팅클 족이 스파인연합NA의 공격을 받아 멸망의 길로 접어들었다. 우주 난민으로 전락한 팅클 족들을 우주 탐험을 마치고 돌아온 샤플리스 1세가 규합하여 이주할 새 별을 찾아나섰다. 이들은 제4평형우주로 순간 이동할 수 있는 웜홀이 열리기를 기다리고 있었다.

태양력으로 2년이 흘렀다. 스파인연합NA가 지구 행성을 완전장악 하기까지 초읽기에 들어갔다. 유일하게 항쟁을 벌이고 있는 태양의 제국 야타왈파 1세는 일백만 명이나 되는 순박한 쿠스코 백성을 스파인연합NA에게 넘겨줄 수 없어 악전고투하고 있었다. 엎친 데 덮친 격으로 그의 아들 야타왈파 2세가 스파인연합NA와 격전 중에 아웃뉴런포를 맞고 뇌사상태가 되었다. 야전 사령관 야타왈파 2세를 잃은 태양의 제국 전사들이 우왕좌왕하자, 야타왈파 1세는 친분이 있는 샤플리스 1세에게 유능한 야전 사령관을 보내달라 요청한다.

화성대기권에 웜홀을 기다리는 샤플리스 1세가 각료회의를 소집했다. 각료회의 결정에 따라 부총리 크베르거에게 지도자 수업을 받고 있는 샤플리스 2세에게 '태양의 제국을 구하라.' 명이 떨어졌다.

팅클사파이어 종족들은 두뇌가 우수했다. 그들은 신우주를 탐색하기 위해 태양에너지로 움직이는 멀티휴먼로봇을 개발 대량생산했다. 우주선에 실어 6개 행성으로 보내진 멀티휴먼로봇들은 잠복하거나, 이주할 자국민의 터전을 미리 건설하게 프로그램 되어 있었다. 유사시에는 데이터화 캡슐에서 분리된 지도자급 영성물질을 하이레벨 레이저포로 발사해 멀티휴먼로봇과 결합시키는 유니온 프로젝트를 추진하고 있었지만, 자체 방어 시스템개발에 태만했던 그들은 스파인연합NA의 제물이 되었다.

샤플리스 2세는 태양의 제국에 가고 싶은 생각이 없었지만 샤플리스 1세의 명령이라 거부할 수 없었다. 육체와 정신을 분리하는 영성물질 데이터화 캡슐 속으로 들어가기를 망설이자 약혼자인 스노우엔젤이 큰 눈을 동그랗게 뜨고,

"어서 지구에 가서서 미리 보낸 로봇을 활성화시켜 스파인 연합NA를 몰아내고 우주함대 생활에 지쳐있는 국민을 지구에라도 잠시 정착시켰음해요. 제가 데이터화 캡슐 옆에서 오빠를 지키고 있을게요."

스노우엔젤이 손끝으로 레이저 총을 쏘는 여전사 같이 흉내를 내며 샤플리스 2세를 토닥였다.

데이터화 캡슐 속에서 270㎝인 키와 150㎏이나 되는 육체에서 영성물질 분리작업이 일주일 만에 끝났다. 분리된 샤플리스 2세의 영성물질은 행성 간 존재하는 블랙에너지 비중 차가 제일 큰 핀딩(finding) 구간에서 원형함대 모선에 장착된 하이레벨 레이저 포에 실어 보내기로 했다. 하이레벨 레이저 포에서 발사된 샤플리스 2세의 영성물질은 화성과 0.5AU 떨어진 공전 중인 지구행성 태양의 제국 코리칸차 신전을 향해 날아갔다.

태양의 제국에서 긴박한 각료회의가 열렸다. 야타왈파 2세의 심장이 멈추기 전에 화성대기권에서 날아오고 있는 샤플리스 2세의 영성물질을 야타왈파 2세의 뇌 속에 넣자는 의견이었다. 야타왈파 1세가 고심 끝에 각료들의 결정을 받아들였다. 그는 신녀 갸챠류차에게 '샤플리스 2세의 영성물질이 태양의 제국에 도착하자마자 야타왈파 2세 뇌에 넣어라.' 명령했다. 샤플리스 2세의 영성물질이 빛의 속도로 우주를 날아 12분 만에 태양의 제국에 오류 없이 도착했다. 갸챠류차는 사방이 수정으로 밀폐된 공간에서 염력을 일으켰다. 코리칸차 신전 가득 내려치는 알파파 푸른 광선을 베이스로 샤플리스 2세의 영성물질을 혼합하여 디지털 코드화했다. 야타왈파 2세의 전두엽에 지름 0.1 미크론 백금 침봉을 꼽아 리드인파를 걸었다. 야타왈파 2세와 샤플리스 2세의 뇌파를 공진시켰다. 샤플리스 2세의 영성 물질이 야타왈파 2세의 뇌 속으로 리드인파를 매개체로 삼아 빠르게 흡수되었다. 48시간의 어려운 작업이 마무리되었다. 기진맥진한 갸챠류차 신녀가 코리칸차 신전 바닥에 쓰러졌다.

샤플리스 2세는 야타왈파 2세의 몸을 받는 순간부터 베티라의 남편이 되어야 했다. 그러나 베티라는 샤플리스 2세를 야타왈파 2세라고 인정할 수는 없었다. 더군다나 그녀는 임신 중이었다.

샤플리스 2세는 지구에 미리 보낸 로봇을 활성화시켰다. 그는 삭사이와만 요새에 방어망 구축을 철저히 했다. 현지 지형을 눈감고도 읽을 수 있는 6개의 특공대는 진징한 태양의 제국 전사들이었다. 그들은 로봇을 앞세워 스파인 적진에 투입됐다.

그러나 샤플리스 2세 앞을 가로막고 있는 큰 문제가 있었다. 스파인 연합 NA들이 타행성에서 가지고 들어온 애완용 앵무새로부터 전염된 AI바이러스, 이미 육백여 년 전 지구에서는 멸종한 바이러스가 되돌아와 매일 태양의 제국 전사들을 삼백여 명씩을 감염시켰다. 감염자들은 일주일을 넘기지 못하고 실핏줄이 터져, 피부밑으로 피가 가득차 보랏빛으로 변하며 죽어나갔다.

샤플리스 2세가 전쟁이 어려움에 봉착에 했다는 전황을 화성대기권에 머물고 있는 샤플리스 1세에게 긴급 타전했다. 샤플리스 1세가 비상 각의를 소집하였다. '급하게 제조한 AI바이러스 백신을 스노우엔젤에게 주입해 태양의 제국에 파견한다.'는 결정이 내려졌다.

스파인연합NA의 세력이 점점 커지자 갸챠류차는 전세를 바꿀 수 없다는 생각이 들었다. 갸챠류차는 제일 왕후 베티라를 제거하기로 마음먹었다. 스파인연합NA 점령지역으로 갸챠류차가 숨어들었다. 그녀는 스파인연합NA 우두머리 피사르까르텔로를 불러냈다. 갸챠류차는 고혹적인 미소를 지으며 피사르까르텔로에게 다가갔다. 피사르까르텔로가 갸챠류차를 반갑게 껴안으려 하자 차가운 눈빛으로 밀어냈다. 피사르까르텔로가 손뼉을 한 번 치자 시녀가 응축시킨 변종 AI바이러스 캡슐을 들고 나왔다. 갸챠류차는 이것을 조심스럽게 받아 들고는 어둠속으로 사라졌다.

타원궤도를 그리는 지구와 화성이 26개월마다 근접점에 왔을 때 짧은 기간이지만 생체이동 터널이 형성된다. 마침 근접점이 다가오고 있었다. 스노우엔젤의 캡슐형 우주선이 입력된 좌표에 따라 지구행성 태양의 제국 코리칸차 신전으로 이동되었다.

샤플리스 2세가 강력한 자기장을 걸어 코리칸차 신전 위로 튼튼한 마그네틱 보호 장벽을 쳤다. 우두머리 신녀 갸챠류차가 스노우엔젤을 가수면 상태로 만들었다. 갸챠류차가 태양의 제단위에 스노우엔젤을 반듯하게 눕혔다. 염력을 일으킨 갸챠류차가 제단에 태양이 남중하는 시간에 맞춰 스노우엔젤의 왼쪽 팔목 핏줄을 흑운모 단검으로 살짝 찔렀다. 맑고 선명한 핏방울이 오팔 잔에 몇 방울 떨어지자 미리 담겨진 자신의 피아 섞어 중식료에 넣어 AI 바이러스 백신을 만들어냈다.

태양의 전사들에게 백신을 투여했다. 병영이 바이러스 공포에서 벗어나 안정을 찾아갔으나, 개중에 면역력이 생기지 않는 전사들은 맥없이 죽어 나갔다. 그들의 시신을 라마 기름으로 씻어 커다란 자수정 렌즈로 모은 태양 빛으로 화장해 태양의 제국 전사답게 우주로 올려보냈다.

스노우엔젤은 야타왈파 2세가 된 샤플리스 2세를 낯설어했으나, 갸챠류차의 설명을 들은 그녀는 야타왈파 2세 모습으로 바뀐 샤플리스 2세에게 이질감을 드러내지 않았다. 태양의 제국에 새해가 밝았다. 샤플리스 2세는 22살이 되었다. 신녀 갸챠류차가 태양신께 바치는 새해 첫 행사를 집전했다. 그 자리에서 스노우엔젤의 제2왕후 책봉식이 거행되었다. 샤플리스 2세와 그녀는 지구에서 부부가 되었다. 21살의 그녀는 영리하고 총명했다. 그러나 제1왕후 베티라와 관계는 서먹했다.

눈이 큰 관능미가 넘치는 제1왕후 베티라는 야망이 가득한 요염한 여인이었다. 그러나 야타왈파 2세가 샤플리스 2세로 바뀐 것에 대해서는 인정을 하려 들지 않았다. 더군다나 샤플리스 2세에게 왕권 세습 서열까지 밀려나자 더 이상 그를 탐탁해 하지 않았다. 이 틈을 파고든 신녀 갸챠류차는 자신이 제일 왕비인양 의복부터 장신구까지 베티라 왕후보다 위엄 있고 사치스럽게 치장했다. 더군다나 우두머리 신녀라는 핑계로 샤플리스 2세의 개인적인 시중을 도맡아 했다. 샤플리스 2세는 부담스러운 갸챠류차를 멀리했다. 이 또한 갸챠류차가 역심을 품게 하는 동기가 되었다.

"베티라 왕후께서 변종 AI바이러스에 걸리셨습니다."

시녀들이 왕후궁에서 뛰쳐나와 우왕좌왕 거렸다. 곧바로 베티라 왕후궁은 폐쇄되었고, 일주일 만에 베티라 제일 왕비는 온몸이 보랏빛으로 물들어 죽었다.

임신 중이라는 이유로 백신 맞기를 거부한 말로였다.

****

"삼태성(三台星)이 떴다. 최후의 결전을 준비하라!"

샤플리스 2세가 전군동원령을 내렸다. 태양의 전사들이 코리칸차 신전 앞에 도열했다. 갸챠류차 신녀의 집전으로 출정의식을 진행했다. 왕후 스노우엔젤이 황금 갑옷을 샤플리스 2세에게 입혔다. 황금 단추마다 안초를 넣어 어느 누구도 갑옷을 열지 못하게 심혈을 기울였다. 태양이 빛을 발하자 갸챠류차가 태양신을 향해 금 투구를 높이 쳐들어 샤플리스 2세 머리에 씌우고 턱밑 잠금장치를 빈틈없이 채웠다.

금 쟁반 위 오색 빛 찬란한 에메랄드 잔을 샤플리스 2세에게 내밀었다. 잔 속에서 신비한 향이 흰 연기와 함께 피어올랐다. 샤플리스 2세가 경건하게 받아마셨다.

여명이었다. 콘도르가 코리칸차 신전을 덮을 위세로 수백 마리가 날아들었다.

신전 바닥이 콘도르의 울음소리로 흔들렸다. 샤플리스 2세가 가까스로 눈을 떴다. 눈 부신 태양의 빛이 아니었다. 검은 환을 둘러쓴 태양이 눈에 들어왔다. 왼쪽 옆구리부터 날카로운 레이저 검으로 벤 상처가 어깨까지 길게 나 있었다. 피가 흘러나와 신전 바닥을 흥건히 적시고 있었다. 입 안 가득 모래를 문 듯 목구멍이 막혔다. 손에 힘을 주어 신전 바닥을 레이저 검으로 짚고 일어섰다. 정신이 아득하다. 스노우엔젤이 셋으로 보였다.

갸챠류차가 출정식을 빙자하여 먹인 강한 최면제로 무장해제 된 샤플리스 2세였다. 갸챠류차가 싸늘한 미소를 지으며 나타났다. 그 뒤에는 피사르까르텔로가 코리칸차의 상징인 태양신의 살아있는 심장 루비를 들고 승리에 취해 떨리는 목소리로 말했다.

"샤플리스 2세! 너의 전사와 백성은 없다. 그들은 모두 승리자인 내 편에 섰다."

샤플리스 2세가 힘겹게 집고 서있던 레이저 검이 힘없

이 부러졌다. 그가 신전 바닥에 나 뒹굴었다. 스노우엔젤이 울부짖으며 샤플리스 2세에게 달려들었다. 피사르까르텔로가 성큼성큼 다가와 샤플리스 2세에게 겨눈 칼을 사선으로 내려 그었다. 피사르까르텔로는 승리에 도취해 스노우엔젤에게 다가가 장난기 어린 근엄한 표정을 지으며 단검을 꺼내들었다. 샤플리스 2세의 흐려지는 의식 속에 스노우엔젤의 비명이 길게 들렸다. 갸챠류차가 미소를 지으며 샤플리스 2세 앞으로 다가왔다. 마지막 의식을 감행하려는 비장한 눈빛이었다.

흑운모 단검을 높이 든 갸챠류차가 샤플리스 2세의 심장에 그것을 박아 넣었다.

야타왈파 2세의 육신이 죽자 더 이상 샤플리스 2세의 영성물질을 담을 그릇이 없어졌다. 샤플리스 2세의 영성물질이 지구 곁을 지나는 유성우를 타고 가까스로 핼리혜성에 올라 우주함대로 귀환했다.

데이터화 캡슐 속에서 육체와 영성물질을 합치시키는 작업이 일주일 만에 끝났다. 샤플리스 2세로 돌아왔다. 집정 대신이 된 크베르거가 반갑게 맞아주었다. 그러나 몇 년 사이 많은 변화가 있었다. 샤플리스 1세가 우주 바이러스에 감염되어 치료할 수 없다고 크베르거가 심각하게 말했다.

샤플리스 2세는 전 우주함대를 소집했다. 스노우엔젤을 구하러 가려는 샤플리스 2세를 크베르거가 강력하게 저지하고 나섰다.

"곧 은하계 간 비중차가 최고로 벌어지는 시점에 도달합니다. 약 삼분동안 평형우주 간 순간 이동을 할 수 있는 웜홀이 생길 것 같습니다. 우리 함대는 신성으로 이주해야 합니다. 이번 기회를 놓친다면 우주선 속에서 우리 종족은 운명을 달리할 수도 있습니다."

크베르거 의견에 동의한 샤플리스 2세는 삼백 명의 특공대와 함께 데이터 캡슐 속으로 들어갔다. 그들은 영성물질로 지구로 전송되었으나 수명을 다해 태양보다 8배 커진 거성의 폭발로 우주 좌표가 흐트러지면서 그들이 지구 위성 달 분화구 속에 떨어졌다. 그들 영성물질은 월면차를 타고 달 여행에 나선 관광객 몸속으로 바이러스 같이 스며들었다.

*****

"떠나세요! 당신은 하늘이 여는 태양의 땅으로 가야만 합니다!"

며칠 전부터 밤이고 낮이고 어렴풋이 들려오는 여인의 목소리는 거부할 수 없는 유혹 같은 명령이었다. 실루엣으로 다가오는 영상, 돌의 제단 위로 황금 태양이 빛났다.

'어디일까? 어디로 가라는 것인가?'

며칠 전, K 방송사 다큐멘터리 특집에서 보았던 페루, 태양의제국 마추픽추가 머릿속을 파고들었다. 눈 설지 않은 그곳. 남겨둔 가족이 있는 애잔한 마추픽추라는 막연한 느낌뿐이다. H여행사에 전화를 걸었다. 가까운 시일 안에 있는 페루 마추픽추 여행 스케줄을 부탁했다. 사진작가들이 주축인 태양의 후예 마추픽추로 떠나는 일정이 삼십 여일 앞에 있었다. 나는 그 여행 스케줄을 무조건 따라가기로 했다.

벚꽃이 화창하게 핀 늦봄으로 들어가는 사월 열한 시 경 논현동 우체국 사거리는 한산했다. 우회전 신호를 넣고 교차로에 진입했다. 직진 차량이 전속력으로 질주하며 경적을 무지막지하게 울려댔다. 급하게 브레이크를 밟고 삼차선 우측에 붙어섰다. 무서운 속력으로 달려드는 람보

르기니 속에 앳돼 보이는 청년이 오른손 가운뎃손가락을 높이 쳐들었다. 그가 도로 위를 떠가듯 경적을 울리며 사라지자마자 뒤를 따르던 SUV 낡은 차가 심하게 추돌 해 왔다. 정신이 가물거렸다. 몇 초의 긴 시간 속에 끝나지 않는 공포가 나를 엄습했다.

정형외과 강 박사가 모니터 속에 든 요추 MRI 사진과 나를 번갈아 쳐다봤다.

"요추 3번 5번 디스크가 파열되고, 부어올라 신경을 누르고 있습니다."

별일 아니라는 듯 심드렁하게 말했다.

"선생님 저는 한 달 후 리마로 떠나야만 합니다. 잘 부탁합니다."

"아, 그렇습니까? 아직 4주나 남아 있군요. 물리치료와 약물치료를 병행하면서 경과를 지켜보십시다."

크레솔 냄새가 심하게 나는 간호사가 수액 주사 긴 줄에 주사를 놓듯 가느다란 일회용 주사기로 안정제를 투여했다. 나는 바로 잠이 들었다.

"어서 떠나라! 너를 기다리는 곳으로!"

어렴풋이 들려오는 그 목소리. 거부할 수 없는 아버지의 묵직한 목소리 같았다.

댈러스에 갑자기 몰아닥친 허리케인의 여파로 아메리칸 에어라인이 댈러스공항에서 이륙하지 못했다. 그 여파가 인천국제공항으로 파급되어 혼란이 왔다. 출발부터 꼬이기 시작한 리마 마추픽추로 가는 여정이 남미로 들어가는 중간 기착지 댈러스로 가는 길부터 막혀있었다. 심상치 않았다. 가이드는 대체 항공편 마련을 위해 여행사 직원과 여러 차례 통화를 했으나 별 뾰족한 수가 없어보였다. 우리 일행은 세 팀으로 나누어 대체 항공편으로 로스앤젤레스를 거쳐 중간 기착지 댈러스로 가야했다. 어떤 팀은 반나절이, 어떤 팀은 하루가 무의미하게 날아갔다.

아시아나 A-747 대체 항공기 편으로 가는 로스앤젤레스행은 불안함이 가득한 출발이었다. 여행 전부터 추돌사고로 오랜 병원 생활에 지쳐있던 나는 인천공항에서 예닐곱 시간의 대기시간과 열한 시간의 비행으로 입속이 부르트고 단내가 났다. 로스앤젤레스에서 댈러스로 가야 하는 통과 승객인 나로서는 비행 일정이 빠듯하여 손을 씻을 겨를도 없이 후줄근한 모습으로 입국심사대 앞에 섰다. 중간 기착지 로스앤젤레스에서 입국 심사는 생각보다 까다로웠다.

여권을 디밀었다. 댈러스행으로 갈아타는 시간이 촉
박해오자 불안감이 나를 당황하게 만들었다. 그는 그 나
라 말로 거침없이 말했지만, 그 나라 언어 능력이 떨어지
는 나는 허둥댈 수밖에 없었다. 그가 까다롭게 물고 늘어
졌다. 여권에 게재된 사진이 검은 옷 검은 테 안경이라는
이유로 입출국 수속에 곤혹을 치른 나는 '내가 압둘라 하
산으로 보였나?'라고 중얼거려 섭섭한 마음을 밖으로 표
출했다. 뒤따르던 일행들이 킥킥댔다.

이백여 명을 태운 PA-966 조그만 제트여객기는 난기
류와 짙은 안개 속에서 간담을 서늘하게 하늘과 땅을 맞
바꾸기도 하며 회항 등 어려운 비행 끝에 새벽이 되어서
야 리마에 도착했다.

세라톤 리마 호텔에서 모처럼 단잠을 잤다. 다음 날 아
침 간단한 아침 식사 후 지역항공사 TA809 쌍발 여객기
를 타고 리마를 출발 약 두 시간을 날아 안데스산맥의 난
기류에 낙엽처럼 흔들리는 불안한 비행으로 해발 삼천여
미터에 자리 잡은 쿠스코(Cuzco)에 도착했다. 큰 날개가
쿠스코를 덮은 듯, 전설 속의 콘도르가 높은 산 중턱에
벽화처럼 새겨있는 아르마스 광장에 도착했다.

가슴이 조여들고, 숨이 턱턱 막히기를 여러 차례 현지 가이드의 안내대로 휴대용 산소통을 코에 대고 숨을 깊게 들이켜 봤지만, 고산증은 별반 나아지는 기색이 없었다. 한 발짝 내딛을 때마다 숨은 거칠어지고 목이 조여 왔다. 깊게 숨을 들여 마셔도 속은 답답하고 메슥거렸다. 고풍스런 길가 카페서 진한 커피 한잔을 마셨다. 울렁대던 속이 조금 편해졌다.

화려한 원색으로 염색한 라마 털로 짠 스웨터에 정감이 들었다. 여인의 옆구리서 등 뒤로 맨 포대기 속에 깊은 잠에 빠진 아이의 코가 오뚝하게 삐져나와 있었다. 잉카왕국의 태양 무늬 선명한 모자를 집어 들었다. 매일 쓴 듯 정겨웠다.

전통식당에 들어갔다. 귀에 익은 엘 콘도 파사가 연주되고 있었다. 패망한 나라의 애절함을 애성 기득한 목소리. 5인조 밴드의 팬파이프 소리가 가슴을 울렸다. 점심으로 세비체(Seviche)를 먹었다. 곁들어 먹은 라임은 고산증에 시달리는 나에게 잠시나마 청량감을 주었다.

삭사이와만 요새에 들렸다. 스페인 침략자. 약탈자를 방어하기 위한 기지였다. 3층으로 쌓인 거석 위로 올랐다. 카메라를 높이 쳐들어 앵글 속에 들이 있는 삭사이와만 요새 바위를 올려다보았다. 틈으로 날아드는 강렬한 태양 빛이 마치 스페인 저격수들이 쏘아대는 총알같이 눈에 자극을 주며 날아들었다. 순간적으로 카메라 앵글을 내리고 아픈 눈을 손으로 감쌌다. 극심한 통증이 왔다. 역광 속의 바위 진지는 살아 움직이듯 이십여 차례 구불거리면서 400여 미터나 이어졌다.

밤새워 별을 쫓다가 새벽 다섯 시가 되었다. 나는 입이 텁텁하여 아무것도 먹을 수 없었다. 무거운 촬영 장비를 들고 태양의 제국 마추픽추를 오른다는 것이 마음을 들뜨게도 했지만, 한편으로 걱정되었다. 일정에 따라 버스를 타고 오얀따이 탐보역으로 이동했다. 마추픽추로 들어가는 기차역 아구아갈리, 엔테스로 가기 위해 기차를 탔다. 조그마한 동네 가운데로 기차선로가 땅을 이분하듯 지나간다.

열차 E 칸 17번 번호표를 받고 창가에 앉았다. 안데스 산맥 계곡 사이를 열차가 질주한다. 객차 지붕이 투명한 유리로 만들어져 만년설 덮인 안데스 산봉우리들이 정겹게 다가왔다. 창에 매달려 셔터를 눌러댔다. 앵글 속으로 빨려 들어온 산봉우리 사이에 이국적인 여인이 미소를 짓고 있다.

"어디서 뵈었었지요?"

여인은 미소를 짓더니 귀에 대고 속삭이듯 말했다.

"어젯밤 아우구스투스 호텔, 당신 옆방이 제가 가지고
온 나의 성이랍니다. 허락 없이 성문을 열고 들어오셔서
내 정원에 가득한 별을 따 주머니에 넣고 가셨잖아요. 이
제부턴 저만 따라오세요."

"뭐라고요?"

이제 곧 마추픽추로 들어가는 기차역, 아구아갈리 엔
테스역에 도착한다는 안내 방송이 나왔다. 그녀는 왼쪽
다리를 조금씩 절었다.

왕고모할머니와
우주

왕고모할머니와 우주

*

지저스가 식민지로 삼은 우주 공간을 자미원(紫微垣), 태미원(太微垣), 천시원(天市垣), 등 삼원(三垣)으로 나누어 통치했다. 자미원에 '유니 홀'이라는 우주통제센터를 둔 지저스는 자신이 부재중, 우주 식민지를 효율적으로 관리하기 위해 J-1이라는 컴퓨터를 혼신의 노력을 다해 만들었다. 그것이 완벽하다는 확신 아래 우주 식민지 경영을 맡겼다. 지저스의 식민지에 사는 모든 유기체들은 지저스의 뜻대로 J-1에 프로그램 된 대로 살아가게 되어있다.

광활한 우주에서 시시각각 일어나는 큰 사건부터 자질구레한 일까지 수백억 가지 경우의 수를 완벽하다는 J-1도 에러를 띄우기도 했다. 특히, 자미원에서 98AU 떨어진 태양계 지구 행성에 이주 시킨 인간이라는 종족의 발생 빈도가 높았다. 지저스가 점 하나를 덜 찍는 바람에 피드백(Feed Back)이 실현되어 획득 형질이 다음 세대로 유전되었다. 두뇌 용량이 커진 인간들이 끈끈한 혈족관계로 결속하여 학습시키자 과학기술이 놀랍게 발전되었다. 이들이 신의 땅인 우주를 넘보고 있다는 것과, 아이러니하게 J-1과 비슷한 기계를 만들어 사용한다는 보고서는 지저스를 놀라게 했다. 이를 무리 없이 다스리기 위해 지저스는 우주통제센터 '유니 홀'이라는 조직을 만들었다.

지저스는 '유니 홀' 요원 중에서 제일 뛰어난 가브리엘에게 인간을 다섯 그룹으로 나누고, 이를 206개 소집단으로 나누어 집단 간 순위 조작 프로그램을 실행하여 집단 간 갈등을 조장하게 했다. 이에 가브리엘이 외장 하드 디스크에 저장해두었던 인간상호 갈등 프로그램을 실행하자, 피부색과 종교, 언어가 다르다는 이유로 상대를 증오하기 시작했다. 힘을 앞세운 인간들은 자신이 속해있는 집단이 우월하다는 것을 보이려 했다. 이런 분위기를 조장한 가브리엘은 한 걸음 더 나아가 지도자급 뇌 속에 살상무기 데이터를 암시적으로 집어넣어 대량학살 무기를 연구, 제조케 했다.

지저스가 가브리엘만을 신뢰하자 질투를 느낀 다섯 요원들이 앞다투어 인간 라이프 타임을 단축시키는 질병 바이러스를 지뢰처럼 곳곳에 심어 놓았고, 사랑하는 상대를 겹치게 하는 프로그램까지 탑재하자 가깝게 지내는 인간 사이에 신뢰성을 잃게 하였다.

지저스가 끊임없이 자신이 창조한 유기생명체를 지배권 아래 있는 우주 항성에 정착시켰다.

J-1이 '자가능력향상' 프로그램을 반복적으로 실행하며, 지저스가 예상하지 못한 속도로 진화하여 마침내 자존감을 느끼는 복합생체 단계까지 이르게 되었다. 결국, 지저스보다 차상위자라는 위험한 생각에 빠진 이 컴퓨터는 명령을 성실히 수행하지 않고 반기를 드는 사례가 심심치 않게 일어났다.

당황한 지저스는 '유니 홀' 중에서 뛰어난 여섯 명에게 J-1을 통제할 수 있는 권한을 주었다. '유니 홀' 요원들이 J-1을 되잡자, 지저스는 새로 태어난 우주, 아기별 성운들의 식민지화에 총력을 기울였다.

★★

지저스의 독단에 반기를 든 새로운 우주질서 운동가 가아프가 신종 바이러스를 '유니 홀' 주변에 살포했다. 운수 사납게 가브리엘이 감염되었다. 그가 43도를 넘나드는 고열 속에서 허우적거린다. 감염된 체세포가 이상분열을 일으키자, 급성 돌연변이가 일어나, 고통과 죽음과 성적 감흥을 느끼는 인간과 비슷한 육체로 변화되었다. 하찮은 공명심에 사로잡혀 끝없는 욕망을 분출하기에 이르렀다.

가브리엘이 절대자의 뜻대로만 움직이는 J-1 시스템에 대해 싫증이 났다. 그는 절대자 몰래 휴먼라이프 프로그램을 분별력 강한 휴먼라이프 오픈 프로그램으로 개조했다. 한 걸음 더 나아가 이 프로그램에 등장하는 인간들의 뇌 속에 끝이라는 경계를 허물어 버렸다. 이것이 판도리 상자였디.

가브리엘이 자신의 능력을 지저스와 견주어 보기 시작했다. 이런 변화가 심적 갈등을 불러오게 했다. 지저스 영역을 가끔 침범한 가브리엘이 J-1에게 프로그램을 삽입하거나, 빼내 새로운 영체와 영성물질을 만들어 냈다. 가브리엘은 자신이 만든 영성물질을 유트러스(子宮) 3D

프린터로 생체 제작했다. 그뿐만이 아니었다. 지저스가 암호화한 극비 문서를 풀어냈다. 영육 분리와 합체 프로그램이었다.

신의 영역에 한 발 더 다가선 우쭐해진 가브리엘이 영육 분리와 합체를 넘나드는 RM-1이라는 가변생체 휴먼로이드를 3D 프린터로 형상화했다. RM-1을 활성화했다. 가브리엘이 지져스를 능가했다는 만족한 웃음을 지었다.

교만해진 가브리엘 역시 RM-1에게 J-1을 맡겨 놓고 자유롭게 은하를 질주하는 즐거움을 만끽하려 했으나, 틀에 박힌 명령만을 수행하는 RM-1이 매 순간 일어나는 수만 가지 새로운 상황대처에 미흡했다. 이를 보완하기 위해 가브리엘은 제 몸에서 체액을 빼내 RM-1에게 체내 주입했다. 가아프가 퍼트린 생체 병원성 바이러스를 RM-1에게 감염시킨 꼴이 되었다.

RM-1이 가브리엘과 같은 능동적 대처능력이 향상되었지만 보편타당성에 입각한 주관적 판단력이 들기 시작한 RM-1이 주인 격인 가브리엘의 명령을 평가하기 시작했다. 가브리엘 또한 자신의 명령에 반기를 든 RM-1을 초기화하고 싶은 갈등이 생겼다.

***

깡마른 여 의사가 옆으로 쭉 찢어진 큰 입을 의식한 나머지 틀니 빠진 할머니같이 입술에 힘을 주어 오물거리다가 닭 똥구멍같이 동그랗게 만들어 어눌하게, 송예은의 병상을 지키고 있는 수연에게 말했다.

"이제 보내드려야 할 것 같아요!"

가을로 들어서는 시월부터 면역력이 급격히 떨어진 송예은이 가볍게 앓기 시작한 감기가 고열을 동반한 간질성 폐렴으로 진행되었다. 주치의가 달라붙어 끈질기게 치료했지만, 항생제가 듣지 않는 슈퍼 폐렴균이 그녀를 보름째 혼수상태에 빠뜨렸다. 주치의는 음식을 먹지 못하는 그녀에게 유동식을 튜브로 직접 위에 집어넣어 생명을 유지하는 PEG시술을 했다.

송예은이 고요한 잠에 빠진 것처럼 보였으나, 유체이탈 중이었다. 이미 몸에서 빠져나온 다른 사람 영체들은 몸과 영체 간 긴 줄로 연결되어 중환자실 주변을 떠돌고 있었다. 걸리적거리는 이 줄을 끊어버리는 순간 가브리엘이 쳐놓은 J-1 감시망에 걸려든다. 이 영체 정보를 A/D 컨버터라는 아날로그신호를 디지털신호로 변화시키는 시스템을 이용하여 한 주기 여정을 마친 인간의 삶을 그대로 데이터화해 외장하드에 저장하는 일을 가브리엘이 한다.

사려 깊은 송예은이 영체와 몸에 연결된 얇은 줄이 육체로 되돌아갈 수 있는 유일한 통로라는 것을 어렴풋이 짐작했다. 송예은 영체는 불편한 이 줄을 유지함으로써 가브리엘의 감시망에 걸려들지 않고 유체이탈과 복원을 반복할 수 있었다. 세 번째 유체이탈에 처한 송예은의 영체가 답답한 중환자실 창문 틈으로 빠져나와 하염없이 인사동 쪽을 바라보고 있던 그녀가 높게 솟구쳐 그곳으로 날아간다. 영체와 연결된 얇은 줄이 힘없이 끊어진다.

송예은의 영체가 J-1 감시망에 걸려들었다. 가브리엘이 송예은의 영체를 외장하드에 집어 넣으려하자 송예은의 영체가 애원한다. '결혼생활 한 달 만에 행방불명 된 남편을 백이 년을 애타게 기다리며 살아낸 나에게 단 한 번만이라도 남편을 만나게 해 달라'고 가브리엘에게 간청한다.

가브리엘이 데이터 F1921K0903 송예은을 자세히 살펴본다. 열일곱 살의 어린 나이로 독립운동가인 신진성을 잃고 살아온 그녀의 애틋한 기록이었다. 흥미를 느낀 가브리엘이 신진성의 데이터를 특별 사망자 기록 외장 하드

SM1916K1212에서 면밀하게 살펴본다.

가브리엘이 냉혹하게 지저스의 명령을 수행하다가, 아주 가끔이지만 변덕스럽게 인간의 애틋한 삶을 보살피기도 한다.

가브리엘이 송예은 영체의 소원을 풀어 주기로 마음먹었다. 컴퓨터 복원시스템을 이용한 가브리엘이 송예은의 생체시계를 세 번째 유체이탈하기 직전으로 돌려놓는다. 이런 조그마한 일로 가브리엘이 지저스보다 진보적이라는 자부심을 갖게 하는 계기가 된다.

가브리엘이 컴퓨터와 인간 사이를 넘나들며, 자가 능력 향상 프로그램을 이용해 진화하고 있는 RM-1을 불러냈다. 신만이 쓸 수 있는 차원 변환 프로그램을 가브리엘이 RM-1에게 주입시켰다. 활성화된 RM-1은 삼차원 시공간에서 현존하는 인간 모습과 사차원 영선 물질 사이를 쉽게 오가게 되었다. 가브리엘이 RM-1에게 임무를 준다. 신진성의 대역이었다.

가브리엘이 유트러스(子宮) 3D 프린터를 동작시켰다. 48시간이 경과하자 RM-1이 완벽한 삼차원공간에서 실존할 수 있는 신진성으로 변화되었다. '유체이탈과 복원을 반복하고 있는 송예은을 만나 긴 기다림의 소원을 풀어주

고 24시간 안에 송예은의 영체와 함께 복귀하라'는 지시를
내린 가브리엘이 신진성을 생체분자 전송방식으로 송예은
이 입원하고 있는 병원 근처 좌표로 이동시킨다.

  창경궁 옥천교 아래, 어둑한 구석으로 신진성이 전송
되었다. 젤리같이 말랑말랑한 몸이 햇빛 속에 있는 알파
선과 반응을 일으켜 한 시간 만에 우화한 매미처럼 단단
해졌다. 178㎝ 키와 67㎏ 몸무게로 만들어진 송예은의
기억 속에 멈춰있는 신진성의 실체였다.

  신진성이 창경궁을 돌아본 관광객처럼 느릿한 걸음으
로 홍화문을 나왔다. 버짐나무들이 가을바람의 힘을 빌려
낙엽을 벗고 있는 창경궁로를 건너 S대학병원으로 천천
히 걸어 들어갔다. 응급실을 지나 장례식장과 가까운 중
환자 병동에 들어섰다. 엘리베이터에서 내려, 망설임 없
이 1309호 문을 열고 들어선다. 나란히 펼쳐진 병상 일곱
개가 신진성 눈에 들어왔다. 침대에 붙어있는 환자 인식
표를 확인하며 송예은을 찾는다. 그녀는 창을 향해 비스
듬히 누워있었다.

  신진성이 송예은에게 바짝 다가간다. 그녀는 빈 껍질이
었다. 유체이탈 중이었다. 신진성이 3차원 복합생체에서,

그녀와 소통할 수 있는 사차원 영체로 빠르게 변화한다.

"예은이!"

호스피스병실 천정을 유영하듯 떠다니던 송예은 영체가 풀썩 침대 위로 떨어진다. 육체 복원이 된다. 신진성이 변신을 거듭하며 다정하게 송예은에게 말한다.

"오래 기다렸지?"

"어떻게 이런 일이, 어디에 계시다가…"

송예은의 격앙된 음성에 흐느낌이 묻어난다. 정신을 가다듬고, 침착하게 말을 잇는다.

"당신을 꼬박 팔십육 년이나 기다려 왔어요. 이제라도 오셨으니 저는 소원을 풀었어요!"

"미안하오!"

오열하며 안겨 오는 아내를 신진성이 깊게 안는다. 송예은의 육체와 영체의 응집력이 점점 야해진다. 송예은이 다시 유체이탈을 한다. 신진성이 영체에서 긴 줄을 끊는다. 한결 홀가분해진 아내를 데리고 신진성이 노란 은행잎 날리는 바람을 타고 운현궁을 넘어, 그들이 신혼살림을 차렸던 인사동으로 날아갔다. 인사동 12번지 한쪽으로 기운 한옥 대문에 '철거 대상 건물'이라고 붉은 페인트로 쓰여 있었다. 신축 빌딩 뒤쪽으로 하루꼬가 살았던 일본식 이층집이 개조되어 고풍스러운 카페로 변해 있다. 신진성이 아내와 그 카페로 들어섰다. 창틀이 옛 모습 그대로인 창가에 자리를 잡았다.

앳된 소녀의 하얗고 긴 손가락이 그랜드피아노 건반 위로 미끄러지자 카사블랑카 선율이 카페 안을 신비하게 만들었다. 웨이터가 고개를 갸우뚱거리며 신진성을 주의 깊게 바라본다. 신진성이 손가락 두 개를 펼쳐 보이자 목이 긴 와인 잔 두 개를 식탁 위에 내려놓는다. 하트 표시가 선명하게 돋보이는 샤토칼롱세귀르 와인이 잔에 담겨 송예은의 입술에 닿았다. 목련 꽃이 피듯 활짝 웃는다.

신진성의 눈에 열일곱 살 그 모습 그대로였다. 붉은 입술 사이로 하얗게 빛나는 가지런한 이를 살짝 드러낸 수줍은 미소가 변함없이 아름다웠다. 신진성이 된 RM-1은 신선한 충격에 빠진다. 한 남자를 진정으로 사랑하는 송예은 영체 앞에 RM-1은 신진성으로 머물고 싶었다.

RM-1이 가브리엘을 찾는다. 둘 사이 논쟁이 격하다.

1905년 7월 29일. 미국의 육군 장관 윌리엄 태프트와 일본의 내각총리대신 가쓰라 다로 사이에 3개항의 밀약이 체결된다.

제1항

미국이 필리핀을 통치하고, 일본은 필리핀을 침략할 의도를 갖지 않는다.

제2항

극동의 평화 유지를 위해 미국·영국·일본은 동맹 관계를 확보해야 한다.

제3항

미국은 일본의 한반도에 대한 지배적 지위를 인정한다.

1941년 12월 7일 일본이 선전포고 없이 진주만을 기습했다. 진주만 공격 이후 영원할 것 같았던 미일 간 밀월 관계가 깨졌다. 대 공항에 시달리던 미국이 쌓여있던 많은 소비 물지를 앞세워, 연합군으로 참전하자 전세는 일본에 불리하게 돌아갔다. 설상가상으로 조선에서 광복군 활동이 활발해지자 조선총독부 제6대 총독인 우가키 가즈시게(宇垣一成)는 위기감을 느꼈다. 경성제국대학교에 법문학부를 만들었다. 우수한 조선 학생을 적극적으로 지원시키라는 총독부령을 각 학교에 내렸다. 일제는 조선인 검사를 배출했다. 일제가 잡아들인 조선 독립운동가를 조선인 검사가 일본 헌법으로 구형하여 내선일체라는 희대의 사기극을 대내외에 정당한 것처럼 보이기 위한 각본이었다.

신진성의 아버지는 이것을 역이용했다. 그는 신진성을 경성제국대학교 법문학부에 입학케 했다. 여름방학을 맞았다. 신진성은 중국 상해 여행이라는 큰 선물을 아버지로부터 받았다, 상해노가에 위치한 상해루라는 음식점에서 창이라는 중국인 지배인을 만났다. 그에게 아버지가 써준 서신을 전했다. 그는 신진성을 여곽으로 안내했다. 일본인이 경영하는 일매(一梅)라는 바에서 많은 시간을 보냈다.

지루한 늦장마가 끝나고 완연한 가을로 접어들 무렵 신진성이 경성으로 돌아왔다. 신진성은 독립운동에 가담했다. 그 암호명은 경성 검사였다. 1942년 신진성이 2학년이 되었다. 임시정부에서 파견한 신흥무관학교 출신 암호명 천안목이 신진성을 보호했다.

신진성은 조부의 바람대로 다섯 살 연하인 열일곱 살 송예은과 결혼했다. 인사동으로 거처를 옮긴 그는 문화재 탐방을 한다는 구실로 중국 장사, 상해, 북경을 수시로 드나들었다. 교내외 활동에도 적극적으로 가담했다. 특히 예과 1학년에 재학 중인 하루꼬와 오누이같이 지냈다.

친일파 부잣집 아들처럼 보이는 신진성이 일인 학생들과 술자리를 자주 만들었다. '전쟁터에 끌려가 죽는 것은 부모님 가슴에 못 박는 일이며, 개죽음이다'는 말을 술 취한 척, 서슴지 않고 내뱉을 만큼 일인 학생들과 속 터놓고 지내는 사이가 되어 갔다. 그들이 흘리는 말 한마디는 모두 조국 광복을 앞당기기 위한 중요한 정보가 되었다.

'매국노 이완용의 집을 턴 방물장수와 접선하여 금괴를 임시정부로 보내라'는 지령을 두부 장수로 분장한 연락책이 보내왔다. 왜경들은 암호명 경성 검사를 색출하려 혈안이 됐다. 그들 중 악명 높은 고등계 형사 허구세는 경성제국대학을 제집처럼 드나들며 조선 학생들의 교내외 활동을 밀착 감시했다. 더군다나 헌병대와 연합해 일본 제국군대에 조선 대학생을 입대시키기 위해 독려하고 다녔다. 승진하고 싶은 욕망에 사로잡힌 그는 일본 정채을 비난하는 조선인 대학생을 가두고, 손가락 마디를 한 개씩 자르는 고문을 자행했다. 그의 악명은 여기서 끝나지 않았다. 여학생을 가둔 놈은, 옷을 모두 벗기고, 손을 뒤로 묶어 물로 가득 채운 드럼통에 집어넣고, 굵은 미꾸라지를 수십 마리 풀어 넣는, 인간으로서는 도저히 용납할 수 없는 성적 학대를 가하는 악독한 놈이었다.

놈은 승승장구했다. 스물일곱 살이라는 젊은 나이에 고등계 형사가 됐다. 놈은 상관의 딸인 하루꼬를 결혼 상대로 점찍었다. 불온 세력으로부터 하루꼬를 보호한다는 명목으로 그녀 주위를 맴돌았다. 놈에게 신진성이 눈엣가시였다. 신진성을 제거 대상 1호에 올리고 노렸다. 놈의 악명은 광복군에까지 알려졌다. 놈을 사살하라는 지령이 천안목에게 내려졌다.

'주문한 벼루가 완성되었다.'

메시지를 두부 장수로부터 받았다. 이틀 후, 여명에 신진성이 두부 장수로부터 묵직한 두부 한 판을 인수했다. 신진성이 짐을 꾸린다. 조그만 서류 가방에 먹물이 번진 한지로 벼루를 여러 번 싼다. 먹과 붓, 일본 서예가 오노 도후(小野道風)의 작품집을 함께 넣었다.

신진성이 경성역에서 하루꼬를 만난다. 조그만 여행용 가방을 들고 나타난 하루꼬를 격정적으로 끌어안는다. 허구세의 일그러진 입술에서 증오심이 가득한 욕이 줄줄 새 나온다. 부산역에서 출발한 융희호는 경성과 신의주를 거쳐 압록강 철교를 넘어, 만주로 들어가는 급행열차다. 신진성과 하루꼬가 특실로 들어선다. 빨간 카펫 위로 의자 두 개씩 마주 보게 배치된 객실이 화려하다. 창 쪽으로 하루꼬가 앉으며 활짝 웃었다. 왜인 사업가와 훈장이 주렁주렁 매달린 군 고급 장교들이 타고 있었다. 경성역에 정차한 융희호가 출발 시간 11시를 넘기며 스팀을 내뿜는다. 철길 옆에서 입술에 담뱃불이 닿을 것처럼 타든 꽁초를 가래침과 함께 뱉어내 구둣발로 짓이겨버리는 허구세의 행동을 초조한 신진성이 주시한다.

한 시간이나 연착한 융희호가 대여섯 명의 헌병이 올라타자 천천히 경성역을 빠져나가기 시작했다. 특실 뒷문을 사납게 열어젖힌, 얼굴이 벌겋게 상기된 허구세가 안으로 들어온다. 두리번거리던 그가 하루꼬를 찾아내고는 그녀와 마주 보고 앉는다. 못마땅한 하루꼬가 눈을 내리깔며 머리를 신진성 어깨에 기댄다.

기차가 속도를 올리기 시작했다. 헌병 소좌(少佐)로 변장한 천안목이 거만하게 앞문으로 들어섰다. 그는 성큼성큼 걸어와 신진성 앞에 선다. 창 쪽에 앉아 있는 허구세에게 손가락으로 통로 쪽 좌석으로 비켜 앉으라는 신호를 했다. 머리가 객실 바닥에 닿을 듯 굽실거리며 물러앉는다. 멸시하듯 노려보던 천안목이 신분증까지 보자 한다. 허구세의 얼굴이 구겨진다. 신진성이 피식 웃는다.

개성을 지난 융희호는는 신의주를 향해 힘차게 북으로

달려나갔다. 김밥 장수가 지나갔다. 하루꼬가 김밥 도시락 세 개를 샀다. 도시락 한 개를 앞에 앉아 있는 천안목에게 웃으며 내밀었다. 허구세의 찢어진 눈에 독기가 어린다. 입술이 비틀어진다. 기차가 신의주역을 지나자, 신진성은 긴장이 풀린다. 검푸른 물이 넘실대는 압록강 물위를 융희호가 아슬아슬하게 떠간다.

융희호가 속도를 늦춘다. 하얀 증기를 뿜아내며 기적을 길게 울린다. 이를 신호로 특실 뒷문을 지키고 있던 헌병이 착검 된 장총을 앞으로 내밀고 객실로 뛰어든다. 허리춤에서 권총을 빼 든 허구세가 벌떡 일어섰다. 총구를 신진성 머리에 들이댄다. 하루꼬가 허구세 앞을 가로막는다. 놈이 방아쇠를 당기려 하자 하루꼬가 허구세의 오른손을 물어뜯는다. 허구세가 권총을 떨어드린다. 하루꼬가 민첩하게 권총을 발로 차 시간을 벌어주자, 다급한 신진성이 가방을 들고 화장실로 뛰어든다. 권총을 빼 든 천안목이 따라붙는다. 그 뒤를 허둥대던 허구세가 따라붙는다. 신진성이 떨리는 손으로 화장실 문을 잠갔지만 오래 버틸 수는 없었다. 가방 속에서 한지에 싼 벼루, 두 개 중 묵직한 벼루를 화장실 바닥에 내려놓는다. 화장실 문이 열린다. 신진성이 당당하게 걸어 나온다. 권총을 들이댄 허구세가 가방을 낚아챈다. 놈이 가방을 열고, 이완용의 집에서 턴 금궤를 찾느라 뒤적인다. 이때를 놓치지 않고 천안목이 화장실로 민첩하게 들어간다. 허구세가 먹물이 잔뜩 묻어 있는 벼루를 이빨로 물어뜯는다. 놈이 퉤 퉤거리며 침을 뱉어낸다. 인상을 잔뜩 찌푸린 허구세의 목덜미를 향해 신진성이 주먹을 날린다. 허구세가 앞으로 꼬꾸라진다. 노란별을 단 헌병이 방아쇠를 당기려 하자 신진성이 압록강 철교 아래 물속으로 몸을 날렸다. 허구세와 헌병이 일제히 총을 쏴댄다. 신진성의 등에서 피가 튄다. 천안목의 총구가 번쩍인다. 허구세가 배를 잡고 꺼꾸러진다. 철교 난간에 머리를 부딪친 신진성이 출렁이는 강물 속으로 사라진다.

★★★★

송예은이 말했다.

"당신이 남겨준 수연이를 돌보며, 독립운동가의 아내답게 곧게 살아냈어요. 당신이 꼭 돌아온다는 신념을 한 번도 꺾은 적이 없었어요."

"수연이라니?"

신진성이 당황한 듯 되물었다.

"광복 이후 일 년 반쯤 되던 날 밤, 하루꼬라는 일본 여인이 어두운 얼굴로 찾아와서 당신 딸이라며 수연이를 맡기고, 일본으로 들어간댔어요."

"수연이라…"

신진성은 수연이를 되뇌어 보았으나 수연이의 기억은 존재치 않았다.

"수연이…"

"예, 제가 살아온 유일한 희망, 제 목숨보다 더 소중한 당신의 분신 수연이요!"

신진성을 올려다보며 송예은이 항의하듯 말했다.

신진성의 머릿속에서 허구세가 스쳐 지나갔다. 순사 자리 하나 얻어 요시다 앞에서 개처럼 굴던 놈. 처음부터 하루꼬에게 눈독들이던 놈. '그놈이…' 뒤늦게 놈과 하루꼬가 연결 지어졌다. '수연이는 그놈의…'

신진성이 무겁게 입을 열었다.

"이제부터는 당신 몸이나 추슬러요."

신진성은 아내의 얼굴을 두 손으로 감싸며 말을 잇지 못했다.

"수연이가 곧 올 텐데, 예쁜 당신 딸 수연이요."

*****

가브리엘이 허락한 24시간이 지나고 반나절이 지나갔지만 RM-1은 나타나지 않았다. 가브리엘 또한 RM-1을 신진성으로 살아가게 묵인할 용기가 나지 않았다.

송예은이 가쁜 숨을 몰아쉬고 있다. RM-1은 송예은과 헤어질 수 없다고 다짐하며 우주 새 질서 혁신자 가아프를 찾는다.

가브리엘은 화면에서 눈을 떼지 못하고 송예은의 영체를 불러들일 타이밍을 맞추고 있었다. 마치 잔칫상에 얼쩡거리는 파리 떼를 아무 거리낌 없이 파리채로 때려잡고 나면 몇 초가 지나지 않아 다른 파리 떼가 음식물에 내려앉아 잎다리를 비비며 음식을 핥는 행위가 계속되듯, 순식간에 다른 휴먼 데이터를 활성화해 무대를 꽉 차게 하는 가브리엘이었다.

RM-1이 우주 질서 파괴자 가아프에게 잠잠한 변종 바이러스를 '가브리엘에게만 재감염 시켜달라' 부탁한다. 소원을 이루기 전에는 죽을 수 없다고 농성을 하는 식물 인간들에게 RM-1 같은 영성 물질을 수없이 만들어, 신이 챙기지 못하는 불쌍한 인간에게 베풀겠다고, 가아프를 설득한다. 다른 한 손으로 뇌물을 바치며 맹세까지 했다.

송예은의 삶을 거두려 가브리엘이 손을 터치스크린에 가져간다. 가아프가 J-1을 해킹한다. 가아프가 절묘한 타이밍에서 가브리엘을 감염시켰다.

가브리엘이 RM-1을 탐탁하게 여기지도 않았지만, RM-1 역시 마찬가지였다. 둘 다 지저스의 프로그램을 훔쳐내 도용해 왔다. RM-1이 송예은의 굴곡진 삶 중에 일부분인 1941년과 1942년 부분을 샘플링하고 코드화해 나갔다. 나노 시간 속에 샘플링한 데이터를 연결해 반복 주기를 85년으로 입력하고 루프를 걸고 송예은이 존재하는 같은 시 공간 속에 신진성으로 들어갔다.

RM-1이 외친다.

"나도 이제부터 인간이다!"

—이럴 때, 인간들은 '기적을 일으킨 신의 은총'이라 한다. —

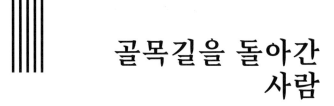

골목길을 돌아간
사람

골목길을 돌아간 사람

— 피아니스트 미수

굵은 검은 테 짙은 갈색 선글라스로 얼굴을 반쯤 가린 미수가 지하철 청량리역 4번 출구를 빠져나온다. L백화점 청량리점이 어둠침침한 골목길을 향해 '잘난 나' 보란 듯 화려한 빛을 쏟아내고 있다. 미수가 천천히 내딛는 걸음이 청량리역 광장을 왼편에 두고, 오른쪽으로 길게 구부러진 골목길로 접어든다.

어둑한 청량리 재래시장 밑에서 올라온 눅눅한 바람이 미수 머리카락을 헝큰다. 스멀스멀 비집고 들어온 화장품 냄새가 끈적끈적 묻어나는 588번지, 긴 시간의 흐름 속에서도 변치 않는 바람이었다. 지우고 싶은 시공간으로 어둠이 미수를 밀어 넣는다.

쇼팽에만 매달렸지만, 눌린 가위처럼 빠져나올 수 없

는 이 골목길, 굉음 속에 솟구치는 용암 속으로 던져 버리고 싶은 이 굽은 길, 삼십여 년이 지난 지금도 변함이 없다.

사리처럼 뼛속에 박힌 상흔, 그대로인 좁은 골목길로 들어선다. 중성화 수술 낙인 마냥 한쪽 귀 끝이 잘려나간 고양이가 '또각또각' 미수 하이힐 소리에 화들짝 높은 담장에 매달린다. 119 구급차가 미수에게 '비켜라' 소리치며 아슬아슬하게 발등을 스쳐갔다. 모여든 구경꾼 사이로 건장한 경찰이 보인다. 왜소한 노인의 팔을 뒤로 꺾어 수갑을 채운, 기세등등한 나뭇잎 두 개가 어깨에서 반짝 빛나는 순경이 순찰차 뒷좌석으로 노인을 밀어 넣는다. 눈에 독기가 가득 찬 노인이 선언문을 낭독하듯 비장하게 소리를 친다.

"내 딸 미수가 오기 전에는 어떤 놈도 이 건물에 손대지 못한다. 재개발이고 뭣이고 간에 만약, 이 골목을 들쑤시고 다니는 놈은 이 망치로 요절을 낼 것이다!"

미수가 귀를 막는다. 눈을 감아버린다. 삼십여 년을 그래 왔듯.

무겁게 내려온 밤하늘이 어둑한 장막을 치면 여지없이

나타나는 한쪽 다리가 긴 괴물들, 유리박스 안에 박제된
하얀 마네킹을 파먹기 시작한다.

— 민욱이와 유정이

완도 엔젤의 집 원장은 말할 때마다, 꼭 써야 하는 접
두사처럼 '이 개같은 종자'란 말을 'ㅅ'자처럼 찢어진 입에
달고 살았다. 이 말이 민욱에게 저주받고 태어난 쓸모없
는 인간이라는 트라우마를 전두엽에 심게 했다.

삐걱거리는 사각식탁에 차려진 뜬 내 나는 정부미로
지은 밥, 돼지기름이 둥둥 떠도는 우거짓국, 썩은 새우젓
냄새가 역하게 올라오는 중국산 김치, 풀린 눈으로 식탁
에 앉아 있던 민욱이 구토를 한다. 서너 번의 헛구역질로
늘어진 껄쭉한 침이 식탁에 닿는다. 둘러앉은 원생들이
거침없는 욕설과 주먹질을 한다. 인상을 쓰고 있는 김 원
장이 못 본 체한다.

파양으로 예민해진 민욱의 성격과 달리 한 박자 늦게
말하는 어눌한 말투가 짓궂은 원생들의 노리갯감이 되었
다. 언젠가는 소공자 주인공같이, 낳아준 엄마가 귀부인

차림으로 나타난다는 민욱의 섬망증이 바람이 세차게 부는 밤이면 더 심했다. 그렇지만, 민욱은 세상의 모든 사물이 살아 있는 것처럼 의인화해 중얼중얼 이야기를 주고받는 서정적인 아이였다.

손바닥만 한 어묵이 냉장 보관되었다는 이유로 유통기간이 살짝 지났지만, 엔젤의 집 식탁 위에 올려졌다. 첫번째 입양된 집에서 엄마라 불렀던, 눈꼬리가 추켜 올라간 여자가 자주 만들어준 어묵 찌개와 별반 다르지 않았다. 대장증후근을 심하게 앓고 있는 민욱이 맵지 않다는 이유만으로 게걸스럽게 먹어치웠다.

취침 전 인원 점검 시간을 알리는 벨이 울리자 긴장이 흐르는 생활관 분위기가 민욱의 아랫배를 뒤틀리게 만들었다. 민욱이 가건불 화상실로 뛰어나간다. 화장실 창틈으로 바람이 쓸려나가는 소리가 노파의 떨리는 말소리처럼 들리자, 피 묻은 천 조각을 든 환상이 보인다. 민욱이 기절한다. 그 후로 엔젤의 집 큰누이격인 유정이가 밤 화장실 갈 때마다 문 앞에서 노래를 부르게 되었다.

ㅡ뜸북뜸북 뜸북새 논에서 울고 뻐꾹뻐꾹 뻐꾹새 숲에서 울 제 우리 오빠 말 타고 서울 가시면 비단 구두 사 가

지고 오신다더니ㅡ

"누나 거기 있어? 잘 안 들려."

유정이 목에 힘이 들어간다. ㅡ기럭기럭 기러기 북에서 오고 귀뚤귀뚤 귀뚜라미 슬피 울건만 서울 가신 오빠는 소식도 없고 나뭇잎만 우수수 떨어집니다ㅡ

울부짖듯 짖어대는 개떼가 기다란 송곳니를 드러내며 어둠을 뚫고 달려들 것 같아 민욱이 진저리를 친다.

원생들이 하나둘씩 깊은 잠에 빠진 고요한 시간을 기다렸다는 듯이 죽은 나뭇가지에 끝에 위태롭게 올라앉은 부엉이가 울고 있는 추석날 밤이었다. 후원자로부터 받은 돼지 살덩이는 몇몇 손끝에서 감쪽같이 사라지고, 남겨진 물컹한 비곗덩어리를 넣어 끓인 국물 몇 숟갈 떠먹은 민욱의 예민한 대장이 놀라 심하게 요동친다.

한쪽 다리가 긴 괴물이 원장실에 모습을 드러내자마자 유정이가 원장실로 불려갔다. 세찬 바람 속에 한 옥타브 올라붙은 울음소리가 들릴 때, 민욱은 꼭꼭 숨겨둔 판촉용 가스라이터로 낮에 잡아둔 배불뚝이 나방 날개에 불을 붙였다. 그슬려지는 나방이 버둥거릴 때, 배 나온 원장 아빠가 버둥거리는 것처럼 희열을 느낀 민욱에게 창자가 꼬이는 쫄깃한 고통이 다시 엄습했다. 엉덩이 끝에 잔뜩 힘을 준 민욱이 어기적거리는 걸음으로 화장실로 바쁘게 뛰어가는 깜깜한 복도 끝에서 검은 물체와 부딪는다. 흰 눈동자뿐인 유정이다. 꽁지에 잔뜩 준 힘이 풀려 나간 민욱이 일순간 바지에 지리고 말았다.

－민욱이는 똥싸개, 똥싸개, 민욱이는 똥싸개－

화음이 잘 맞아 돌아가는 돌림 노래가 즐거움을 누리는 아이와 모멸감으로 죽고 싶은 아이를 이분법으로 갈라 놓았다.

긴 장마철이 왔다. '집단 수용시설 전염병 예방대책'이라는 공문이 왔다. 엔젤의 집에는 쥐약과 살충제가 배당되었다. 유정이가 원장실에서 쥐약 두 봉을 떨리는 손으로 훔쳐냈다.

"원장 아빠 국 속에 넣겠다."

유정이가 결연한 태도로 말한다.

"꺼꾸러지면 나방처럼 태워버리겠다."

단호하게 말하는 민욱이 눈빛이 섬뜩하다.

'중학교 의무교육을 시행'이라는 정부 지침에 따라 엔

젤의 집 원생들이 등교하게 되었다. 14살인 민욱과 16살인 유정이가 좋게 말하자면, 학교측 배려로 중학교 일학년 같은 반 짝이 되었다. 삭발한 파릇한 머리가 왼쪽으로 오도쯤 기운 민욱의 연약한 목이, 머리 무게를 지탱하지 못할 것 같이 야위어 보였지만, 풀린 듯한 민욱의 눈매는 가끔 이글거렸다.

담임교사 여선생이 자리를 비웠을 때, 나이 많은 유정이가 아이들을 통솔했다. 마치 선생님 같았다. 유정이는 어떤 노래든 춤으로 표현한다. 타고난 춤꾼이었다.

쥐약 두 봉이 없어진 것을 감지한 원장이 아침 점호 때마다 원생들 소지품 검사를 한다. 의심이 가는 유정이 속옷까지 뒤집어 보았으나 찾을 수 없자 식사 때마다 임금님 수라상처럼 민욱에게 감미시키는 해괴한 일을 벌인다. 오늘 아침 민욱이 콩나물국을 한 숟갈 떠올리자 유정이가 달려들어 숟가락을 쳐낸다. 민욱을 끌어안고 울음을 터트린다.

원장이 유정이를 엔젤의 집에서 쫓아내는 것으로 사건을 마무리 지었다. 유정이는 그날 밤 완행열차를 타고 용산으로 떠난다.

— 현경이와 망치

　외톨이가 된 민욱에게 여선생은 고모부와 둘이 살고 있는 현경이를 짝으로 앉혔다. 민욱이보다 한 살 어렸지만 두세 살 많은 누이 같았다. 서로 친남매같이 아껴주자 여선생은 한시름 놓았다. 눈이 깊은 민욱은 유정이와 현경이가 어딘가 공통점이 있다는 생각이 들었지만 꼭 꼬집어 낼 수는 없었다.

　조회를 시작하는 종이 울렸다. 여선생의 훈화가 민욱에게 희망을 주는 요술 주문 같이 들렸다. 선생님의 일거수일투족을 놓칠 수 없었다. 모두 눈에 담았다. 둘째 시간인 수학시산이 중간쯤 흘러갔을 때 현경이가 눈을 허공에 둔 채 중얼거렸다.

　"엄마 아빠! 조금만 참고 있으면 꼭 데리러 올 거지?"

　중얼거리다가 민욱이에게 귓속말로 전한다.

　"울 엄마 아빠가 날 데리러오면, 너도 같이 가자."

　"좋아, 같이 가자!"

　민욱이 결심하듯 힘을 주어 대답하자 섬망증이 민욱을

삼킨다. 눈앞에 아름다운 소장도 모래사장이 펼쳐진다. 현경이와 손을 잡고 모래사장으로 날듯이 뛰어나간다. 바다 끝에 서 있는 조그만 배, 잔잔한 물결 위를 미끄러지듯 다가온다. '수업시간이 끝났다.' 알리는 종소리가 상상 속에 빠진 아이들을 교실로 불러들이진 못했다.

현경이가 헝클어진 머리로 어기적거리며 학교에 늦게 등교하는 날은 입고 있는 치마 뒤로 흐릿하게 핏물이 배어나왔다. 눈치 빠른 여선생이 양호실로 데리고 간다.

숨소리조차 없이 창밖을 바라보던 현경이가
"보육원에 사는 네가 부럽다."
말끝에 울음이 묻어 나왔다.
"현경아, 내가 원장 아빠한테 말은 해보겠는데 그는 밤마다 한쪽 다리가 긴 괴물로 변해서 유정 누나처럼 너를 괴롭힐 거야."
민욱이 슬픔 가득한 얼굴로 조그맣게 말했다.

유정이를 쫓아낸 후, 더욱 사나워진 괴물은 밤낮없이 원생들을 못살게 굴었다. 증오심이 극에 달한 민욱이 상상과 현실을 구별치 못하는 병세가 심해졌다.

민욱의 눈이 빛났다.

"기쁨을 주는 카나리아보다 못한 너희들은 밥만 축내는 버러지들이다."

말하는 이 괴물이, 카나리아를 애지중지한다는 것만으로 민욱에게 복수의 길이 활짝 열렸다. 민욱이 자청해서 원장실 청소를 매일 하며 기회를 노렸다. 마침내 기회가 왔다. 원장이 군청에 들어가는 날은 술에 취해 늦게 온다는 것을 알아차린 민욱이다. 모아둔 신문지를 새장 밑에 쌓아 놓고 불을 지른 민욱은 날개에 불붙어 파닥거리는 카나리아를 보며 시니컬한 미소 짓는다.

민욱이 방화범으로 경찰서에 불려갔다. 이 사건이 크게 번지는 것이 두려운 원장이 경찰에 선처를 구한다. 민욱이 반성문을 쓰고 풀려났다.

며칠 동안 보이지 않던 원장이 보육원을 다른 사람에게 넘긴다는 소문이 돌았다. 원생들이 통쾌하게 박수를 쳐댔다. 민욱이 아이들에게 구세주 같은 느낌이었는지는 모르겠지만, 가르마를 정 가운데로 탄 원장이 새로 부임하기 전까지 모든 원생들이 편안한 잠을 잘 수 있었다.

현경이는 여름 방학이 다가오는 7월 17일, 민욱의 손에 빨간 자두 두 개를 쥐어 주며,

　"잘 먹어야 크지. 어서 커야 괴물을 무찌르고 같이 살 수 있을 텐데…"

　눈물이 가득한 눈으로 더듬더듬 말한 현경이는 그 후로 학교에 나오지 않았다.

　민욱은 빨간 자두를 먹을 수가 없었다. 속이 곯아 껍질이 터질 때까지 쥐고 다니며 현경이가 한 말을 되새겼다.

　봄볕이 따뜻한 창가에 졸음이 쏟아 붓는 오후, 문짝이 부서지라 열어 부친 중년 사내가 교실 안으로 뛰어들었다. 눈이 벌겋게 충혈 된 그가 성큼성큼 여선생에게 다가갔다. 그녀가 미쳐 피할 틈 없이 달려든 사내가 낚아챈 머리채를 흔들어대며, '현경이 내 놔!'라고 고래고래 소리를 질렀다. 술내 풍기는 그의 입에서 한 번도 들어보지 못한 심한 욕설이 튀어나왔다.

　민욱에게 없애버려야 하는 괴물이 하나 더 나타났다. 숨소리가 거칠어진 민욱이 손에 잡힌 것이 있었다. 그것은 교실 바닥에서 튀어나온 못대가리에 아이들이 다칠까 염려한 여선생이, 손수 때려 박던 제법 큰 쇠망치였다.

민욱이 신들린 아이처럼 책상 위로 번쩍 뛰어올라 머리털 몇 가닥 남지 않은 사내의 번들번들한 머리통을 망치로 내리찍었다. 빨간 피가 사방으로 튀었다.

민욱이는 만 14세 이하 촉법소년이라는 이유로 판사가 보호관찰 처분을 내렸으나 학교에서 퇴학 처분을 받았다. 학교를 다닐 수 없다는 것에 충격에 빠진 민욱이었다.

여선생이 민욱을 찾아왔다.

"현경이는 임신해서 더 이상 학교에 나올 수 없단다. 당분간 내 할머니와 소장도 섬에 살고 있으니 걱정 안 해도 된다."며 손에 쥐여 준 쪽지는 현경이 주소였다.

민욱에게 망치라는 별명이 하나 더 붙었다. 민욱이를 괴롭혀왔던 아이들은 슬금슬금 피해 다녔다. 민욱은 망치라는 별명이 싫지 않았다. 힘으로 도저히 당할 수 없는 놈이 망치 한 방에 꼬꾸라지는 것에 통쾌한 민욱이 어디든 망치를 들고 다녔다. 망치야말로 좋아하는 사람을 지켜 낼 수 있는 유일한 수단이라는 것이 민욱에게 각인된 순간이었다.

얼굴이 파리한 젊은이가 큰 캐리어를 끌고 흔들거리

는 어선에서 힘겹게 내린다. 그는 빨간 물감이 하얀 비단 위로 번지듯, 땅 끝에서 하늘 끝까지 타오르는 노을을 찾아, 여름 끝자락에 사장도에 왔다. 썰물이 쓸고 나간 바위틈에서 노을을 등지고 미역 따는 현경이를 발견하자마자 평평한 바윗돌 위에 캐리어를 펼친다. 그가 꺼내든 것은 물감이 뚝뚝 떨어지는 붓이었다. 그의 붓끝에서 미역 따는 현경이가 인어로 형상화된다.

그는 미혼모 현경이 집에 머물게 되었고, 여름이 두 번 지나간 가을 초엽이 되었다. 그는 거의 식사를 하지 않았다. 체력이 점점 소진해 가는 것을 보고 있는 현경이는 안타까웠다. 파도가 갯바위와 부딪는 물방울 하나하나를 사실적으로 그려냈다. 팔레트에 껌딱지처럼 말라붙은 물감이 그의 붓 끝에서 증발하듯 없어지고 다시 긴 여름이 시작되었다.

가을바람이 불어올 때쯤 인어도가 완성되자 붓을 놓은 그가 붉은 노을 먹은 파도가 핏방울 같은 물방울을 모래톱에 뿌릴 때, 절벽 위에서 바다로 몸을 던졌다. 그는 인어가 되었다.

현경이는 울지 않았다. 연인의 주검보다 미수에게 젖을 물려야 하는 엄마의 삶이 우선이었다. 이젤을 펴놓고 인어를 그리던 그 바위 위에 수미를 뉘어 놓고 미역과 전복을 땄다.

'자글자글' 콩돌 해변을 돌아오는 파도 소리는 인어도(人魚圖)에서부터 흘러나왔다.

벽에 걸려 있는 인어도 속에 있는 인어는 미수에게 들려주는 잠시 스쳐간, 따뜻한 사람, 화가 아빠 이야기였다.

미수는 엄마가 한순간에 사라진 원인을 몰랐다. 모른다기보다 강하게 현재 사실을 부정했다. 부정할수록 언뜻언뜻 눈앞으로 지나가는 조각난 퍼즐처럼 맞춰가는 일이 미수에게는 무척 고통스러운 일이었다. 퍼즐 조각 몇 개가 맞춰진다. 미수가 강하게 고개를 젓는다, 퍼즐 속에 등장하는 이는 분명 고모할아버지였다. 현경이가 미수 출생신고를 하기 위해 고모부와 호적상 동거인으로 등재되어 있는 주민등록 주소를 옮기는 과정에서 노출된 그녀는 다시 고모부의 손아귀에 들어갔다.

비바람이 몹시 치던 날, 고모할아버지를 밀쳐내는 엄마가, 목이 꺾여 흰 파도 위에 둥둥 떠 있는 모습이 미수를 더 이상 자라지 않는 아이로 만들었다.

─ 붉은 등

　유정이가 민욱을 청량리로 불러들였다. 붉게 채색된
백열등 진열장 안에 서 있던 유정이가 벌집처럼 얽혀있는
방을 지나 조그만 제방에 들어섰다. 방이라 해봐야 한 평
반 남짓했다. 벽 한쪽에 붙어있는 앉은뱅이 화장대가 전
부였다.

　민욱이 반갑게 유정이를 맞아드린다. 누님이라고 부르
며 깍듯하게 존칭을 썼다. 민욱은 유정이를 삼단 요 위에
반듯이 눕혔다. 따뜻한 물수건으로 퉁퉁 부어오른 다리를
정성스럽게 닦아 내려갔다. 유정이 얼굴에 환한 미소가
피어올랐다.

　"민욱아, 엄마다! 이리 오렴."

　젖무덤을 내놓으며 민욱을 불렀다. 그가 빙긋이 웃으
며 무릎으로 기어간다. 품에 안긴다. 머리카락을 쓸어준
다. 돌배기 어린애같이 눈을 맞추며 활짝 웃는다. 민욱이
는 유정이 품에서 아이같이 잠들었다.

　민욱에게 현경의 비보가 날아왔다. 민욱이 미수를 데

려왔다. 겨울이 왔다. 연말이 되자 청량리역 주변은 매춘 단속이 심해졌다. 단속이 지나가자 제 발로 찾아 들어온 남자가 진열장 유리창 속에 있는 유정이만을 고집했다. 그는 눈동자가 풀려 있는 뽕쟁이다. 방에 들자마자 달려들어 치사량이 넘는 히로뽕을 혈관에 주사했다. 유정이가 맥없이 쓰러진다.

아침에 발견된 유정이와 뽕쟁이는 죽어있었다. 민욱이 길길이 뛰며 뽕쟁이 시신을 망치로 수없이 내려쳤다.

유정이가 한 줌의 재로 중랑천에 뿌려졌다. 며칠 전부터 폭설이 몰아친 중랑천 둑이 하얀 눈에 뒤덮였다.

민욱은 미수를 호적에 입양시켰다. 온 정성을 다했다. 미수가 중학생이 되었다. 쇼팽의 24 피아노 전주곡 연주를 좋아하는 음악 선생님이 C장조로 시작하여 관계조인 A단조, G장조 E단조, A장조 F샤프단조 같이 5도를 기준으로 조성 배열을 하고 있는 쇼팽의 작품을 학생들에게 자주 연주했다.

피아노 소리에 이끌려 음악실로 들어온 미수가 칠판에 낙서처럼 장난스럽게 그려가는 음계를 짜증스럽게 바라보던 음악 선생님이 화들짝 놀란다. 자신이 연주한 쇼팽 전주곡 15번 '여자의 마음' 음계가 칠판 오선지 위에 삐

뚤빼뚤 그려져 있기 때문이었다. 한 번 들은 음을 음계로 적어 낼 수 있는 천부적 재능을 갖고 태어난 절대 음감의 소유자라는 것을 알아차린 음악 선생님은 미수를 눈여겨 보기 시작했다. 자주결석을 하는 미수에게 피그말리온효과(pygmalion effect)란 교육심리학 이론을 적극 적용해 보았으나 깊은 회의에 빠진 미수가 변화를 보이지 않았다. 결석을 밥 먹듯 해대던 미수가 장기결석에 들어가자, 미수의 몇 안 되는 친구를 찾아다니며 행방을 수소문한 음악 선생님이 미수 집으로 가정방문까지 오게 되었다.

민욱이 꾸밈없이 미수를 길러온 이야기를 한다. 눈시울이 빨갛게 물든 음악 선생님이 '음감에 천재적 소질을 가지고 태어난 미수를 자신에게 맡겨 달라'고 한다. 자신이 독신이며 미수를 뒷받침할만한 경제력도 있다고 말하며 허락한다면 '미수를 양녀로 삼겠다'는 결정적인 한 마디가 민욱의 마음을 움직였다.

민욱은 더 이상 미수를 감당할 수 없는 한계점에 다다른 자신을 자책하며 음악 선생님의 요청을 수락했다. 기악을 전공한 그녀는 미수를 구천킬로미터 떨어진 이탈리아, 콘세르바또리오 음악원에서 디플로마를 받기까지 돌봐주기로 결심한다. 둘이 이탈리아로 떠난다.

미수는 먹고 잠자는 일 외는 음악원을 한 발자국도 떠난 일이 없이 피아노 연주에 열중했다.

— 가슴으로 낳은 내 딸 미수

살인 미수로 무기징역을 언도받은 민욱이 식사를 거부했다. 그는 물조차 거의 마시지 않았다. 당황한 교정당국자들은 교도소 내 의료거실에 수용하였으나 그는 삶에 대한 의지를 보이지 않았다. 나날이 쇠약해져 가는 민욱의 눈앞에 연초록 유치원복을 입은 미수가 아른거렸다.

지하철 4호선 범계역에서 내린 미수기 4번 출구로 걸어 나온다. 낙엽이 수북한 가로수 길을 작은 회오리바람이 먼지를 일으키며 쓸고 나간다. 미수가 트렌치코트 자락을 여민다. 미수가 두리번거린다. 오십여 미터쯤 떨어진 도로 가에 택시들이 즐비하게 서 있다. 택시 뒷문을 열고 올라탄 그녀가 안양교도소로 가자고 말한다.
룸미러를 통해 미수를 조심스럽게 살펴보는 택시 운전

기사가 혹시 몇 달 전 화려한 매스컴 조명 속에 귀국하신 세계적인 피아니스트 미수 앙드레 김이냐고 묻는다. 미수가 웃음으로 답한다. 룸미러를 통해 힐끔거리며 쳐다보는 택시기사가 고개를 갸우뚱거리며 호계 사거리 쪽으로 달린다. 택시 뒷좌석에 깊숙이 들어앉은 미수가 창문을 조금 연다. 가을바람이 미수의 긴 머리카락을 흩날린다.

미수와 민욱 사이를 유리벽이 가로막고 있다. 미수가 아빠라고 부르자 민욱이 환하게 웃음 지었다. 그 웃음은 소리가 없었다.

"이제 찾아와서 죄송해요. 아빠께 드리는 선물이야!"

미수가 피아노 독주회 팸플릿을 둘 사이를 가로막고 있는 유리벽에 붙이듯 갔다 댄다. 민욱이 손을 내밀어 받으려 하다가 가로막는 유리벽을 의식하고 쓸쓸하게 웃는다. 더 이상 넘을 수 없는 벽을 또다시 인식한 그가 체념한 듯 타고 있는 휠체어 의지해 간신히 곧추세웠던 몸이 무너지며 왼쪽으로 고개를 떨어뜨린다.

입가에 엷은 미소를 머금은 그가 미수 앞에서 조용히 유정이 곁으로 간다. 서러움에 복받친 미수가 어깨를 들썩인다. 미수의 긴 속눈썹에 떨어지지 않는 커다란 눈물방울이 맺혀온다. 인어도에서 '자글자글' 울려 나오는 소장도 먼 바다 파도 소리가 미수에게 들려온다. 엄마 품에 안겨 눈을 맞출 때 잔잔한 파도 소리가 들려왔었다. 그 리듬이 쇼팽의 피아노전주곡 15번 '여자의 마음'이었다.

플리(FLEA)

송영욱 지음

발 행 처 · 도서출판 청어
발 행 인 · 이영철
영   업 · 이동호
홍   보 · 천성래
기   획 · 남기환
편   집 · 방세화
디 자 인 · 이수빈 | 김영은
제작이사 · 공병한
인   쇄 · 두리터

등   록 · 1999년 5월 3일
(제321-3210000251001999000063호)

1판 1쇄 발행 · 2021년 11월 10일

주   소 · 서울특별시 서초구 남부순환로 364길 8-15 동일빌딩 2층
대표전화 · 02-586-0477
팩시밀리 · 0303-0942-0478

홈페이지 · www.chungeobook.com
E-mail · ppi20@hanmail.net
I S B N · 979-11-5860-983-2(03810)